各

栄次郎江戸暦13

小杉健治

二見時代小説文庫

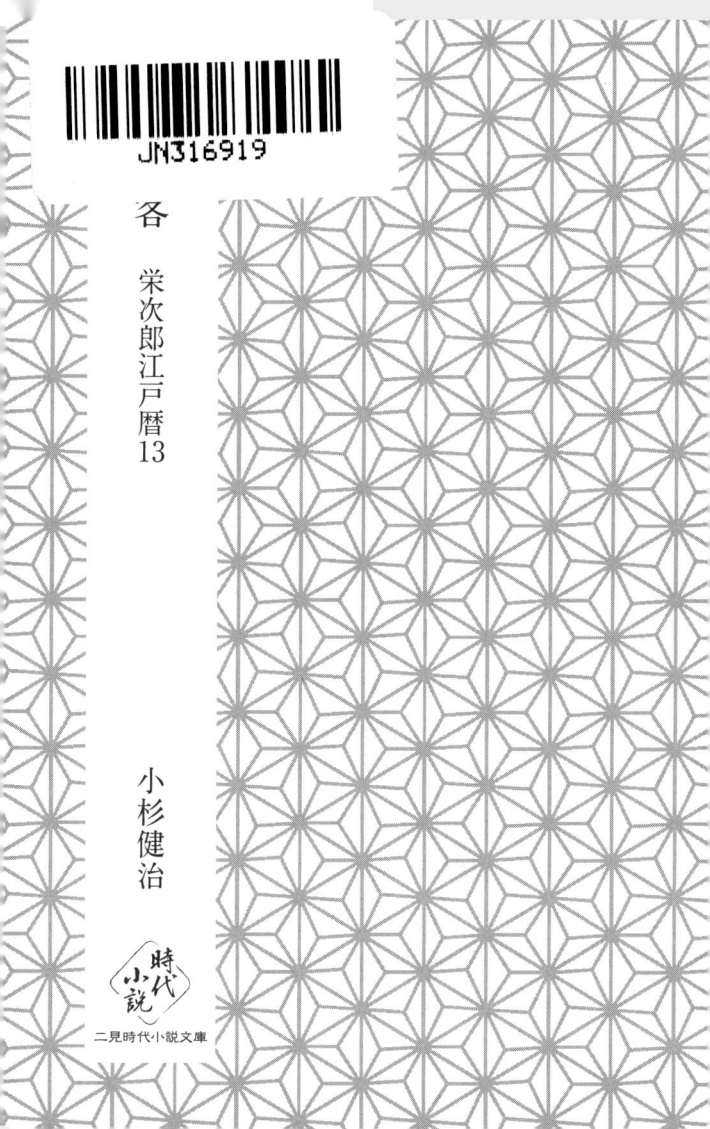

目次

老剣客——栄次郎江戸暦13

第一章　ごろつき侍

一

初午《はつうま》を過ぎ、梅の香も漂い、春の息吹《いぶき》を感じる爽やかに晴れた日の昼下がり、矢内《やない》栄次郎《えいじろう》はお秋《あき》の家の二階から大川に目をやっていた。

大川には帆掛け舟が浮かび、厩河岸《うまやがし》の渡し場から渡し船が対岸に向かった。船には商人や僧侶、武士、それに女の姿も目につく。目を吾妻橋《あずまばし》のほうに転じると、橋をたくさんのひとが往来している。

栄次郎は考えに詰まり、三味線《しゃみせん》を置いて立ち上がり、窓から外を眺めていたが、穏やかな陽気に誘われたように部屋を出た。

階下に行くと、お秋が出てきて、

「あら、栄次郎さん。お出かけ」

と、元気のいい声をかけてきた。

「天気がいいので、ちょっと散策してきます」

「そうね。雨も上がって、風も気持ちよくてよ。行ってらっしゃいな」

以前、矢内家に奉公していた女だが、町で偶然に再会したお秋は奉行所与力の崎田《さきた》孫兵衛《まごべえ》の妾《めかけ》になっていた。

栄次郎は本郷《ほんごう》の屋敷から浅草黒船町《あさくさくろふねちょう》にあるお秋の家まで毎日のように通っている。二階の小部屋を借りて、三味線の稽古をしている。

栄次郎は御家人《ごけにん》の次男坊だが、杵屋吉栄《きねやきちえい》という名取名《なとりな》を持っている。杵屋吉右衛門《きちえもん》に師事し、長唄と三味線を習っている。

栄次郎は大川縁を歩く。打ちつける波音が心地よい。

師の吉右衛門から祭を題材にした長唄の新曲作りを頼まれた。歌舞伎《かぶき》役者の市村咲《いちむらさき》之丞《のじょう》が今年の夏の舞台で新しいものを手掛けたいという。まだ先の話と思っていたが、あっと言う間に時は経過した。

栄次郎の細面《ほそおもて》のすらりとした体つきに気品を漂わせるものがあるのは、生まれのせいだ。それだけでなく、男の色気に近い、芝居の役者のような柔らかい雰囲気もある。それは栄次郎が三味線弾きであることと無関係ではない。

　ふと、前方に、釣り糸を垂れている男を見つけた。侍のようだ。それも年寄りだ。だが、栄次郎は老侍の背中から目が離せなかった。

　ぴんと伸びた背筋に広い肩幅。白髪の髪を後ろで束ねている。前方の大川の水と溶け合い、ふと姿が視界から消えそうになった。何か侵しがたい品位のようなものが漂っているにも拘《かか》わらず、その存在が希薄だった。

　引き寄せられるように、栄次郎は近付いた。魚籠《びく》には何も入っていない。

　竿がしなった。老侍が糸を上げると、魚が引っかかっていた。手前に引き寄せ、魚を針から外す。

　次の瞬間、水音がした。魚を放したのだ。栄次郎は不思議に思った。しばらくして、再び魚がかかった。

　同じように魚を放した。せっかく釣った魚をどうして放つのか。栄次郎は不思議に思った。

　その後、魚はかからず、侍は竿を握ったままだ。よれよれで、継《つ》ぎ接《は》ぎの目立つ着物。背中にも大きな布が縫いつけてあった。

　栄次郎は横に立って大川から対岸を見る。本所《ほんじょ》だ。吾妻橋の向こうは三囲《みめぐり》神社《じんじゃ》や興福寺《こうふくじ》、長命寺《ちょうめいじ》、さらにその先は隅田川《すみだがわ》神社があり、その土手は桜の名所だ。

水音がして、栄次郎は我に返った。釣り糸に魚がかかっていた。老侍は、また手元に引き寄せ、針から外して川に流した。

「失礼ですが、どうして釣った魚を逃がすのですか」

しかし、侍から返事がない。

鬢《びん》に白いものが目立つ。五十は過ぎていよう。頬骨が突き出て、皺《しわ》に刻まれた顔には侵しがたいような不思議な威厳のようなものがあった。

修行僧のような厳しい顔つきだ。

邪魔しては悪いので、栄次郎はその場から離れた。途中で振り返る。のどかそうに釣り糸を垂れている姿を目に入れながら、栄次郎はなにか違和感を持った。その正体が何かわからない。

栄次郎はそのまま山谷堀《さんやぼり》に向かい、待乳山聖天《まっちやましょうでん》に寄った。

待乳山からの眺めは絶景だ。しかし、新しい曲は祭が題材だ。この眺めとは趣《おもむき》が違う。栄次郎はお参りしてから待乳山聖天をあとにした。

さっきの場所にやって来ると、老侍の姿はなかった。

栄次郎はお秋の家に戻った。

「釣りをしている老武士がいましたが、釣った魚を逃がしていました。どういう意味があるのでしょうか」

何か宗教上の理由でもあるのかと思った。

「小野川《おのがわ》十兵衛《じゅうべえ》さまですね」

「小野川十兵衛というのですか。お秋さんは知っているのですか」

「ええ。通りの向こうにある天空寺《てんくうじ》の納屋《なや》に住んでいて、子どもたちに学問を教えています。私の知り合いの子どもも通っています」

「そうですか。寺子屋の先生ですか」

「ええ。授業のないときはだいたい釣り糸を垂れているようです。釣った魚を逃がしてしまうことは知りませんでしたけど」

お秋は目を不思議そうな顔で、

「栄次郎さん。小野川さまに何か」

と、きいた。

「いえ。特にそういうわけではありません」

そう答えたが、あの老侍を見ていて、何か違和感を持ったのだ。

二階の小部屋に行き、三味線を抱えた。そのとき、ふと違和感の正体に気づいた。

釣り糸を垂れている小野川の横に立っていたとき、そばに小野川がいることさえ忘れていた。

別に気配を消していたわけではない。小野川は自然体だった。その場から離れ、途中で振り返ったとき、小野川の姿は大川端の風景に溶け込んでいた。

あれはなんだったのだろうか。栄次郎の錯覚、あるいは思い過ごしに過ぎなかったのか。しかし、撥《ばち》で糸を弾いたあと、栄次郎は曲作りに没頭し、いつしか小野川のことは頭から去っていた。

数日後、栄次郎は浅草にやって来た。

浅草には三社祭《さんじゃまつり》がある。その賑わいを肌で感じようと雷門《かみなりもん》前に向かう。参道の脇には料理屋、水茶屋、団子屋などが並んで賑わっている。

料理屋『奈良家《ならや》』の前を過ぎたとき、突然、悲鳴が聞こえた。栄次郎はそのほうに目をやった。料理屋から若い女が飛び出して、そのあとから刀を振りかざした大柄な武士が現れた。

女は女中のようだ。

「おのれ、丹羽《にわ》さまを愚弄しおって」

大柄な武士が叫ぶ。二十七、八の仙台袴《せんだいばかま》に羽織《はおり》を着ている。どこぞの家中《かちゅう》の者ではなく、直参《じきさん》かもしれない。

「お許しください。商売上の言葉でございます」

『奈良家』の主人らしい男も飛び出してきて、武士の前で土下座《どげざ》をした。

「商売上の言葉だと。偽りを申すとは許せぬ。丹羽さまに代わって無礼討ちにしてくれる」

「ご無体《むたい》な」

主人は悲鳴を上げる。

侍はかなり酔っているようだ。ほんとうに斬るつもりかもしれない。ひとの危難を黙って見過ごしに出来ぬ性分だ。

栄次郎が飛び出そうとした。が、それより先に武士の前に立った男がいた。継ぎ接ぎの目立つ着物の老いた侍だ。

「おやめなさい」

あの御方は……。小野川十兵衛だった。

「年寄りは引っ込んでいろ」

「刀はそのように使うものではない」

「黙れ。どかぬと、そのほうから斬る」

武士は刀を振りかざした。栄次郎はいざというときに備え、小柄《こづか》を手にした。

しかし、武士は上段に構えたまま、固まったように動かない。何度か斬りかかろうとして、また動きが止まった。

十兵衛は突っ立ったままだ。

「刀を下ろしなさい」

やがて、十兵衛が言う。

武士の顔から冷や汗が出てきた。

「もういい」

料理屋から、若い武士が出てきた。身なりもよく、大身《たいしん》の旗本《はたもと》の伜《せがれ》に違いない。

大柄な武士は刀を下ろしたが、肩で息をしていた。

細身の武士はさっさと雷門のほうに歩いて行く。

「覚えていろ」

武士は抜身《ぬきみ》を下げたまま、細身の武士を追った。

「ありがとうございました」

主人と若い女は小野川に何度も頭を下げた。

十兵衛は軽く手を上げただけで、何も言わずにふたりから離れた。

栄次郎は立ちすくんでいた。なぜ、武士は斬りかかっていけなかったのか。小野川はまったく自然体で立ったままだ。

端《はた》からみたら、老侍は隙だらけだった。

老侍は駒形町《こまがたちょう》に向かった。栄次郎は無意識のうちについて行く。

蔵前《くらまえ》通りを黒船町に向かう。やがて、正覚寺《しょうかくじ》の手前の路地を右に折れた。

小さな寺が現れた。天空寺だ。その山門の前で、十兵衛が立ち止まって振り返った。

栄次郎も立ち止まる。

「わしに何か用かな」

風雪に耐えたような鋭い顔つきだ。

「失礼いたしました。私は矢内栄次郎と申します。今の騒ぎ、見ていました」

「で？」

「なぜ、相手を追い払ったのか、その技を知りたいと思いました」

「技などない。失礼する」

十兵衛は山門にくぐった。

栄次郎も山門を入る。境内《けいだい》で、子どもたちが遊んでいた。近所の長屋の子どもたちだろう。十兵衛を見て、みな黙って直立不動になった。

十兵衛が本堂の横をまわって裏に消えると、再び、子どもたちは騒ぎだした。

「今の御方はどなただ？」

一番年長らしい男の子に声をかける。

「十兵衛先生だ」

「十兵衛先生に学問を教わっているのか」

「そうだ。学問と剣術だ」

男の子はそう言い、遊びに戻って行く。

剣術か、と栄次郎は不思議に思った。さっき面《めん》と向かったが、なんの威圧感も受けなかった。

深い皺に刻まれた顔は修行僧か仙人かと思わすような雰囲気があったが、剣術とは無縁に思えた。

なのに、さっきの武士は十兵衛に斬りかかっていけなかった。そのわけは何か。特別な術でもあるのだろうか。

栄次郎はますます十兵衛に興味を持った。

翌朝、栄次郎は本郷の屋敷を出た。

矢内家の当主は矢内栄之進《えいのしん》、栄次郎の兄である。御徒目付《おかちめつけ》である。父はとうに亡くなっているが、厳格な母は健在であった。

部屋住《へやずみ》の栄次郎は武士としては日の目を見ない暮しを送っている。どこぞの家に婿《むこ》に入るか、養子に出るか、そういったことがない限り、ほとんど部屋住の次男、三男坊に先の見通しはなかった。

だから、母は栄次郎の養子口を探しているのだ。が、栄次郎にはその気がなかった。母の気持ちはわかるが、栄次郎は三味線弾きを目指している。いつでも武士をやめてもいいと思っている。ただ、そんなことを口にしようものなら、母は卒倒しかねない。

そのことが、悩みの種だった。

湯島《ゆしま》の切通《きりどお》しを下り、御徒町《おかちまち》を抜けて、元鳥越町《もととりごえまち》の長唄の師匠杵屋吉右衛門の家に向かうところだった。

ただ、武士をやめてもいいと思ってはいても、剣の道を捨てる気はなかった。子どもの頃から稽古に励んで来た田宮流抜刀術《たみやりゅうばっとうじゅつ》の腕前はいまや道場の師範を勝るほどになっている。三味線で世渡りが出来るようになっても、剣術は続けていく。そう思っているので、小野川十兵衛に興味があるのだ。

なぜ、大柄な武士が斬りかかっていけなかったのか。その秘密を探りたい。と、同時に、小野川十兵衛という人間にも興味があった。

鳥越神社の裏手にある吉右衛門の家にやって来た。土間に、二足の履物があり、三味線の音と唄が聞こえてきた。

渋い声は大工の棟梁《とうりょう》だ。弟子には、武士から商家の旦那、職人などいろいろなひとがいる。ここでは身分も貧富の差も関係なく、誰もが平等だ。

栄次郎は部屋に上がった。火鉢に手をかざしていたおゆうが表情を明るくした。

「栄次郎さん、お久し振りです」

おゆうは町火消『ほ』組の頭取政五郎《とうどりまさごろう》の娘だ。

「きょうは早いんですね」

「ええ、早くくれば栄次郎さんにお会い出来るかと思って」

おきゃんなおゆうはいたずらっぽく言う。

「栄次郎さん、市村咲之丞さんのために曲を作っているんですって」

「ええ。でも、私だけじゃないんです。何人かが作って、その中から咲之丞さんが選ぶということだそうです」

最初は自分だけの依頼かと思っていたが、そうではないことがあとでわかった。だが、それならそれで気が楽だ。万が一、曲が出来なかった場合に咲之丞に迷惑は及ばない。とはいえ、せっかくの依頼なので、なんとしてでもいいものを作りたかった。

詞のほうは岩井文兵衛《いわいぶんべえ》に頼んでいる。

栄次郎の亡くなった父親が一橋家《ひとつばしけ》の近習番をしていたときに、文兵衛もまた家老として一橋家に出向いていた。つまり、亡父の親友だった。

文兵衛は粋人で、端唄《はうた》をたしなみ、ときに芸者に三味線を弾かせて自慢の喉を披露している。詞を書いてもらうには文兵衛がふさわしいと思ったのだ。

「栄次郎さんの曲が出来たら、私も唄わせていただきたいわ」

おゆうが声を弾ませた。

いつの間にか、三味線の音が止み、話し声が聞こえた。稽古が終わり、師匠と棟梁が話しているのだ。

その話し声が止み、棟梁がこっちの部屋にやって来た。

「おゆうさん、どうぞ」

棟梁が声をかける。

「お茶をどうぞ」

おゆうは棟梁に茶をいれた。

「こいつはどうも」

「はい。では、お先に」

おゆうは栄次郎に言い、師匠の部屋に向かった。

「栄次郎さん。久し振りですね」

「棟梁、相変わらずに渋い声で、結構でした」

「いや、どうも」

棟梁はうれしそうに笑い、湯呑みに手を伸ばした。


栄次郎は稽古を終え、浅草黒船町のお秋の家に向かった。

途中、天空寺に寄り、境内に入った。本堂のほうに向かうと、子どもたちの声が聞こえた。

裏庭で、三人の男が木剣を振っていた。傍らに、小野川十兵衛が立っていた。

栄次郎はしばらく見ていたが、とくに十兵衛が声を出して指導するようなことはなかった。

その場を離れ、栄次郎はお秋の家に行った。

栄次郎にあてがわれた二階の部屋に入り、栄次郎は三味線を持つ。最初は今習っているもののお浚《さら》いを一刻（二時間）ほどした。それから、曲作りに向かう。

江戸の三大祭は神田《かんだ》祭、山王《さんのう》祭、八幡《はちまん》祭で、その他に大きな祭は浅草の三社《さんじゃ》祭がある。咲之丞の希望は八月の舞台に乗せたいので、八月十五日に行なわれる八幡祭を題材にしたいということだった。

八幡祭とは深川の富岡八幡宮《とみがおかはちまんぐう》の祭礼である。御輿《みこし》は深川、山車《だし》神田、ただ広いのが山王祭といわれ、富岡八幡宮の祭礼はたくさんの御輿が出る。

御輿の担ぎ手に水をかけるので水掛け祭とも呼ばれている。もちろん、御輿だけでなく、山車もたくさん出、囃子方《はやしかた》を乗せた踊り屋台、さらには鉄棒を引き、木遣《きや》りを唄って歩く手古舞《てこまい》の行列も出て豪壮で粋である。

そういう情緒をどう表現するのか。そこが思案のしどころで、今考えているのは、手古舞の芸者と御輿の担ぎ手の掛け合いで、そのことを念頭に曲を考えていた。

曲作りに没頭しているとあっという間に時間が経つ。お秋が行灯《あんどん》に火を入れにきたことにも気づかず、やっと撥を持つ手を休めたら外は暗くなっていた。

三味線の音が止んだので、お秋が顔を出した。

「栄次郎さん、夕餉《ゆうげ》の支度が出来ていますよ」

「すみません。すぐ、行きます」

栄次郎は三味線を片づけて、階下に行った。

お秋の家を出たのは六つ半（午後七時）過ぎだった。栄次郎はいつも夕餉を馳走になってから屋敷に帰るのだった。

通りに出たとき、またも小野川十兵衛のことに思いが向いた。出来たら、話を聞きたい。そんな欲求に勝てず、栄次郎は天空寺に足を向けた。

山門を入ったとき、境内を複数の影が横切ったのに気づいた。足を忍ばせていた。

栄次郎は胸騒ぎを覚えた。

栄次郎は影のあとを追った。本堂の裏手にまわる。裏庭に向かう庭木戸が開いていた。さっきの影はここを通ったのだ。

栄次郎は刀の鯉口《こいぐち》を切って、庭木戸を抜けた。

奥に建物が見えた。物置小屋だ。その手前に、黒装束の侍が集まっていた。五人いる。そのうちのひとりが、何か叫んだ。

雨戸が開き、老侍が出てきた。黒装束の侍がいっせいに抜刀した。

栄次郎は夢中で飛び出した。

「待て」

黒装束の侍が驚いたようにいっせいに振り向いた。

「数をたのんで何をしているのだ」

栄次郎は叫びながら、濡縁に立つ老侍の前に躍り出た。

「怪しい奴。何者だ」

栄次郎は鋭く声を発する。

「やれ」

短い声がしたと同時に、一番前にいた覆面の侍が斬り込んできた。栄次郎は腰を落とし、反射的に刀を抜いて、相手に踏み込んだ。栄次郎の峰を返した剣が相手の脾腹《ひばら》を打つ。ぐえっと奇妙な声を上げて、相手はうずくまった。

脇から別の侍が斬りかかった。栄次郎は相手の剣を弾き、手首を刀の峰で叩いた。悲鳴を上げて、刀を落とした。さらに、右手から襲ってきた相手の懐に踏み込みながら肩を叩いた。

呻き声を発して、相手は跪《ひざまず》いた。

「なぜ、ここに来た？」

栄次郎は無傷のふたりに迫る。ふたりは後退《あとじさ》った。

「きのうの仕返しか」

「退《ひ》け」

大柄な侍が叫ぶ。倒れていた侍が起き上がり、逃げ出した。栄次郎はひとりを追いかけて捕まえた。

「誰に頼まれた？」

腕をひねあげた。

「痛い」

「言うのだ」

栄次郎は覆面をはぎとった。浪人髷の髭面だった。

そのとき、小柄《こづか》が飛んで来た。体をよけた隙に、浪人は栄次郎を突き飛ばし、逃げ出した。

「追わずともよい」

老侍の声がした。

栄次郎は樹に突き刺さった小柄を抜いた。菱形《ひしがた》の紋が入っていた。

「助けてもらった。礼を言う」

「いえ。よけいな真似をいたしました」

栄次郎がしゃしゃり出なくても、この老侍ひとりで相手を蹴散らしただろう。

「小柄を投げたのはきのう刀を振りかざした男に違いない。愚かな奴」

十兵衛は口許を歪め、それから改めて栄次郎を見た。

「そなたはなぜここに？」

「はい。あなたさまとぜひ、お話がしたくて」

「不要だ」

「えっ？」

「わしはもう休む」

十兵衛は部屋に入り、戸を閉めた。

栄次郎は呆然として物置小屋を見ていた。

二

翌日、栄次郎は雷門前の並木《なみき》にある料理屋『奈良家』の土間に入った。

「いらっしゃいませ」

女中が出てきた。

「客ではない。矢内栄次郎と申す。ご主人を呼んでもらいたい」

「はい」

女中は横にある帳場に向かった。

しばらくして、小柄な年配の男が出てきた。

「手前がここの主人でございますが」

不審そうな顔で言う。

「私は矢内栄次郎と申す。一昨日、武士が刀を振りかざしていたが、あの武士はなんという名前か教えていただきたい」

「それは……」

主人は困惑した。

「どうしましたか」

「いえ、知りません」

「知らない？　はじめての客ですか」

「ええ、まあ」

「いったい、何があったのだ？」

主人の態度に、栄次郎は不審を抱いた。

「どうぞ、ご勘弁ください。へたなことを喋って、またあとで何をされるか」

「何者か知っているのだな」

「どうぞ、ご勘弁を」

主人は泣きそうな顔をした。

「では、そのときの女中に会いたい。呼んでもらえませんか」

「いません」

「いない？　どういうことですか」

「やめました」

「やめた？　ずいぶん急ではないか」

栄次郎は唖然とした。

「はい。いろいろ事情がありまして」

「では、女中の家を教えてもらいたい」

「それは……」

「いったい、何があったのですか。あなたは一昨日助けてもらった年寄りのお侍を覚えていますか。ゆうべ、黒覆面の侍に襲われたのです」

「えっ」

「無事でしたが、これは由々《ゆゆ》しきこと。きのうの女中の身に何かあったのではないですか。あなたは、このまま見過ごしていいのですか」

「それは……」

主人はうつむいた。

客が入ってきた。

「どうぞ、お帰りください」

主人は突き放すように言って立ち上がった。

栄次郎はいったん外に出てから、料理屋の前で待った。客を送って外に出て来た女中に声をかけ、

「ちょっと訊《たず》ねたい。一昨日、ここの女中さんが侍に追いかけられていた……」

「すみません。私は何も知りません」

そう言い、土間に入って行った。

栄次郎は唖然とした。口止めされているのだ。他の女中にきいても同じだろう。いったい、何があったと言うのか。

それより、きのうの娘が心配だった。客として入り込もうにも亭主に顔を晒しており、警戒されるだけだ。

また、新八《しんぱち》に頼もうと思った。

相模《さがみ》の大金持ちの息子で、江戸に浄瑠璃《じょうるり》を習いに来ていると言っていたが、新八は豪商の屋敷や大名屋敷、富裕な旗本屋敷を専門に狙う盗人だった。

追手《おって》に追われる新八を助けたことから、親しくつきあいはじめた。しかし、ある旗本屋敷に忍び込んだとき、旗本の当主が女中を手込めにしようとしているのを天井裏から見て、義侠心から女を助けた。

そのことで、足がついてしまい、新八は奉行所から追われる身になった。一時は江戸を離れたが、御徒目付の兄の手先ということにして難を逃れたのだ。

今はそのまま兄の手先になっている。

が、時間があれば、栄次郎に手を貸してくれている。

今は昼過ぎで、長屋にいるかどうかわからないが、栄次郎は明神下《みょうじんした》の裏長屋に行ってみた。

新八の家の腰高障子《こしだかしょうじ》を開ける。新八が着物を着替えていた。

「あっ、栄次郎さん。こんな時間に珍しいですね」

「お出かけですか」

土間に入って、栄次郎はきいた。

「ええ。栄之進さまに頼まれたことがありまして」

「そうですか。では、忙しいですね」

栄次郎が落胆すると、

「いえ、あらかた済んでいますので、だいじょうぶです。遠慮せず、仰ってくださいな」

新八は腰を下ろして言う。

「では、聞いてください」

栄次郎は上り框に腰を下ろしてから、

「浅草の並木に『奈良家』という料理屋があります。一昨日、そこで、抜身を振り上げた武士が……」

そのことから、小野川十兵衛の住まいに賊が押しかけたことや、『奈良家』での出来事を話し、

「その女中が急に店をやめているのです。主人は客の武士のことを話そうとしません。何かを隠しています。『奈良家』に客として乗り込み、女中のことや武士のことを聞き出していただけませんか」

「わかりました。やってみましょう。で、その女中はどんな感じの娘でしたかえ」

「色白の細面で、なかなかの美人でした」

「そのことから、他の女中に当たってみます」

「すみません。よろしくお願いします」

栄次郎は立ち上がった。

「そこまでごいっしょに」

新八も土間に下りた。

長屋木戸を出て、筋違橋《すじかいばし》に向かう新八と別れ、栄次郎はお秋の家に向かった。きょうは稽古日ではなかった。

黒船町に入って、天空寺の十兵衛のところに寄った。

物置小屋の外から声をかけ、返事がないので戸を開けた。板敷きの上に薄縁《うすべり》が敷いてあり、文机と手焙りがあるだけの、寒々として侘《わび》しい住まいだ。

十兵衛はいなかった。釣りかもしれないと思い、先日の場所に急いだ。やはり、大川に釣り糸を垂れていた。

「お邪魔します」

栄次郎は隣りに腰を下ろした。

十兵衛から返事はない。

「『奈良家』の例の女中が急にやめたそうです。主人は何かを隠しているように思えます。何かわかったら、お知らせにあがります」

勝手に話して、栄次郎は立ち上がった。


その後、栄次郎はお秋の家の二階で三味線の稽古と曲作りに励んだ。

夜になって、お秋の旦那である崎田孫兵衛がやって来た。孫兵衛がやって来ると、いつも酒の相手をさせられる。

孫兵衛は同心の監督や任免などを行なう同心支配掛かりである。この同心支配掛かりから町奉行所与力の最高位である年番方《ねんばんかた》になるのであるから、孫兵衛は有能な与力なのだ。

だが、妾を囲っているという目で見るせいか、孫兵衛はどうみても好色な中年男にしか見えない。

「栄次郎どのはまだ嫁さんをもらわぬのか」

酒が入って来て、孫兵衛がきいた。

一時はお秋が栄次郎を贔屓《ひいき》にするので、嫉妬から孫兵衛はいつも栄次郎に厭味を言っていたものだが、最近はかなり打ち解けている。

「部屋住の身ではとうてい無理です」

　栄次郎は苦笑する。

「三味線のほうではまだ食べて行けないのか」

「まだまだです。たまに、師匠のお供で舞台に出させていただいていますが、あくまでも師匠といっしょでなければ出られません」

「そうか」

　孫兵衛は戸惑ったように頷く。

「旦那。どうして、そんなことをきくんですか」

「うむ。じつは、栄次郎どのに似合いの娘がいるので、その気があれば世話をしようと思ったのだが」

「まあ、旦那が、そんなことを考えるなんて」

　お秋が目を瞠《みは》った。

「おかしいか」

　孫兵衛が不機嫌そうにきく。

「いいえ。そうじゃありませんが……。で、どこの娘さんなんですか」

　お秋が興味を示してきく。

「栄次郎どのにその気がないんだ。話しても仕方ない」

「栄次郎さん。どうなんですね」

「嫁さんなんて、とうてい無理です。そんなことより、今は三味線のほうに掛かりきりですので、そんな気持ちはありません」

「そう」

お秋がほっとしたような顔をして、

「でも、旦那が栄次郎さんにお似合いと思った娘さんがどんなひとか知りたかったわ」

と、いたずらっぽい笑みを浮かべた。

孫兵衛は酒を口にしてから、

「もういい、忘れろ」

「娘といえば、今朝、両国橋に若い女の死体が浮かんでいた。刀で袈裟懸《けさが》けに斬られていた。可哀そうに」

栄次郎ははっとした。まさか、と思いながら、

「どんな娘さんですか」

と、きいた。

「おこうといって、水茶屋で働いていた娘だ」

「水茶屋？　どこの水茶屋ですか」

「神田明神《みようじん》の境内だ」

孫兵衛は不審そうな顔をして、

「栄次郎どの、何か心当たりでもあるのか」

「いえ、違いました」

『奈良家』の女中は、侍に脅されて、あそこで働くのが怖くなって急にやめたのかもしれない。そういうこともあるので、口にしなかった。

「下手人《げしゆにん》はまだわからないのですね」

「うむ。まだだ。よそう、こんな話は。酒がまずくなる」

「いやですよ。旦那が先にお話しになったんじゃないですか」

「そうだったかな」

孫兵衛はとぼけた。

適当なところで栄次郎は孫兵衛に別れの挨拶をして、お秋の家を出た。

月が出ていて、明るい。栄次郎はきのうのきょうだから心配ないと思うが、気になって天空寺に足を向けた。

十兵衛の住まいの物置小屋に行くと、中は戸の隙間から微かに明かりがもれていた。

静かだ。怪しい人影もなく、栄次郎は安心して、そこから引き揚げた。

御徒町を抜け、湯島の切通しの坂を上がって本郷の屋敷に帰って来た。

自分の部屋に向かう途中、母の部屋の襖が開いて、母が顔を出した。

「栄次郎。こちらに」

厳しい声だったので、栄次郎は何かあったのかと身を固くした。

部屋に入り、母と差し向かいになる。

なかなか母が切り出さない。

「母上。お話とはなんでございましょうか」

栄次郎は促すようにきいた。

「栄次郎」

「はい」

「そなたは深川の『一《いち》よし』という遊女屋を知っていますか」

栄次郎は覚えず声を上げそうになった。なんとか堪《こら》えて、

「母上、なんのことでしょうか」

と、とぼけた。

「ほんとうに知らないのですか」

　母は鋭い目をしてきく。

「はい」

「そうですか」

「いったい、どうしたと言うのですか」

　栄次郎は恐る恐るきいた。

「じつは栄之進がそこに出入りをしているようなのです」

「兄上が？」

「そなたはほんとうに知らないのですか」

「知りません」

　栄次郎は嘘をついた。

　知らないどころではない。一時は栄次郎は『一よし』に通っていた。場末の遊女屋で、器量はよいとは言えないが、みな気立てがよかった。

　兄嫁を流行《はや》り病《やまい》で亡くし、塞《ふさ》ぎ込んでいる兄を強引に『一よし』に連れて行った。そこの妓たちと接すれば、必ず元気になる。そう思ったので、いやがる兄をなんとかなだめて誘ったのだ。

ところが、あるとき、栄次郎が『一よし』に行ったら、兄がいて、妓たちを集めて笑わせていたのだ。

兄はすっかり気に入り、通いだした。馴染みの妓はいるが、女に夢中になっているのではなく、ただ話しているだけで楽しいのだ。

「栄之進は再婚の話に聞く耳を持ちません。まさか、場末の遊女に骨抜きになっているのではありますまいか」

母は表情を曇らせた。

「母上」

栄次郎は言い訳を考えた。

「兄上はそんなひとではありません。それに、思い出しました。兄の下働きをしている新八さんが、兄から頼まれて深川の遊女屋を探索していると話していました。ひょっとして、その遊女屋のことではないでしょうか」

「…………」

「兄上とて、探索のためには客の振りをして遊女屋に行くこともありましょう。いったい、誰が母上にそんな告げ口をしたのでしょうか」

「屋敷出入りの商人です。似ているお侍さまを見かけましたというのです」

「似ているですか。では、それは違います。人違いでしょう。私は兄上のことはよく存じあげておりますが、女に夢中になって道を外すような御方では決してありません。それとも、母上には何か兄上の態度にご不審が？」

「いえ、何も変わってはいません」

「そうでしょうとも。兄上には何らやましいことはないはずです。再婚をなさらないのは、やはりまだ亡き義姉上《あねうえ》のことが忘れられないからでしょう。でも、それは時間の問題だと思います」

母を欺いていることに胸が痛んだが、この場合は兄の味方をしなければならなかった。兄を『一よし』に連れて行ったのは自分であるし、兄が『一よし』で元気をもらってくることを喜んでいるからだ。

「栄次郎」

母の口調が変わった。

「はっ？」

何かいやな予感がした。

「栄之進が再婚をしないのはそなたのせいです。部屋住のそなたが屋敷にいる限り、栄之進は嫁をもらいますまい。嫁をもらえば、そなたの居場所がなくなる。そう気を使っているからです。わかりますね」

「はあ」

「じつは、さるところから栄次郎に縁談が……」

「母上、お待ちを」

栄次郎はあわてた。

「私はまだ」

「まだ、なんですか。せっかくのお話です。お聞きなさい。相手は大身の旗本大坪鹿《おおつぼしか》之助《のすけ》さまの次女……」

栄次郎は母の話を聞いていなかった。ただ、母にやられたと思った。母は兄が場末の遊女に夢中になっているとは毛頭《もうとう》思ってもいなかったのだ。栄次郎の縁談話を持ち出すためのだしにしたのだ。

「母上。お待ちください。じつは、岩井さまからも、お話がありまして」

「岩井さまから?」

「はい。まだ、詳しくは聞いていませんが、その話が出ているのに、今のお話をお受けするのは失礼かと思いまして」

文兵衛からそのような話が出ているのは嘘ではなかった。もっとも、嫁にというわけではなく、その娘が栄次郎の舞台を見たことがあり、会いたがっていたという程度のことだ。ただ、文兵衛はその娘は栄次郎どのにお似合いだと言っていることから、文兵衛なりの思惑もあるのかもしれない。

「そうですか。岩井さまからですか」

母は少し不満そうな顔つきで、

「でも、どうして岩井さまは私に話をしてくださらなかったのでしょう」

と、呟くように言う。

「なかなか私がその気にならないので、まず、私の気持ちを確かめてからと思ったのではないでしょうか。岩井さまとは明日の夜、お会いすることになっています」

「そうですか。わかりました。では、岩井さまのほうの様子次第ということにしましょう。もう、遅うございます。早く、お休みなさい」

「はい」

栄次郎は腰を浮かしかけてから、

「兄上には私のほうから何か話しておきましょうか」

「いえ、結構です」

やはり、母の狙いは栄次郎の妻帯のことだったと思った。

三

翌日、栄次郎は早暁《そうぎょう》に起きて、顔を洗ったあと、刀を持って庭に出た。

薪《まき》小屋の横にある枝垂《しだ》れ柳のそばに立つ。ここで、素振りをするのが日課だった。三味線弾きを目指していても剣の精進《しょうじん》は怠らない。

自然体で立ち、柳の木を見つめる。栄次郎は深呼吸をし、心気を整える。そして、居合《いあい》腰になって膝を曲げたときには左手で鯉口を切り、右足を踏み込んで伸び上がるようにして抜刀する。

切っ先は小枝の寸前でぴしっと止まる。すぐに刀を引き、頭上でまわして鞘《さや》に納め、再び、自然体で立って同じことを何度も繰り返す。

その稽古を半刻（一時間）以上続ける。額から汗が滴《したた》ってくる。

素振りを終え、井戸端に行き、体を拭く。その頃には朝餉の支度が整っていた。

朝餉は兄といっしょにとる。兄は厳しい顔つきで、食事の間も、ほとんど口をきかない。機嫌が悪いわけではなく、そのような性分なのだが、これがゆうべ母が言っていた遊女屋の『一よし』では別人かと思うほど洒脱《しゃだつ》な人間になる。

厳しい顔つきなのは、矢内家の当主であるという威厳を保とうとしているだけで、ほんとうは明るく、話し好きな男なのだ。

朝餉をとり終えてから、栄次郎は兄の部屋に行った。

「なんだ、話しとは？」

兄が訊ねる。

「じつはゆうべ、母上から兄上が深川の『一よし』に通っているのではないかときかれました」

「な、なんと。どうして、母上が『一よし』のことをご存じなのだ？」

兄はあわてた。

「出入りの商人が『一よし』で兄上を見掛けたそうです。でも、お役目上のことと話しておきました。母上は本気で兄上が遊女に夢中になっているとは思っていないようでしたが、もし母上に訊ねられたら、そのように」

「わかった」

「もっとも、母上の狙いは私の見合い話のようでした」

「そうか。母上は心配なさっている」

「兄上のこともです」

「そうだな。兄弟揃って、母上の気を煩わせているわけだ」

兄は苦笑した。

「ほんとうのところ、兄上はどうなのですか」

「再婚か。うむ」

兄は唸った。

「難しいところだ。なにしろ、『一よし』で遊んでいるときが一番楽しい。だが、いつまでも独り身というわけにも行くまい。母上も早く、後継ぎが欲しいのであろう」

「そうだと思います。よけいなことかもしれませんが、そろそろ年貢の納め時かと思いますが」

「しかし、私が嫁をもらったら……」

兄はあとの言葉を呑んだ。

「そうしたら、お秋さんのところに居候します」

「母上が許すまい。私より、そなたの身の振り方を、母上は心配しているのではないか」

「そうですね」

栄次郎と兄はお互いに顔を見合わせてため息をついた。

栄次郎は五つ半（午前九時）に屋敷を出た。

先に明神下の裏長屋に、新八を訪ねた。

ゆうべは遅かったのだろう。今、起きたばかりのようだった。

「栄次郎さん。きのう、『奈良家』に行ってきました。部屋に入ってから、女中にそれとなくききましたが、やはり急にやめたというだけで、誰も詳しいことは話そうとしてくれません。『奈良家』から出て来る客を待って事情をきいたところ、やめた女中はお咲《さき》という名だとわかりました」

「お咲さんですか」

「ええ。ですが、住まいはわかりません。それから、『奈良家』にはよく旗本の子弟らで徒党を組んでいる刃桜組《はざくらぐみ》の連中がやって来ていたそうです。おそらく、刀を振りかざした武士は刃桜組のひとりではないかと思われます」

「刃桜組……」

「我が物顔で呑んだり、食べたり、さんざん騒いで引き揚げて行く。逆らう者には刃で脅すというごろつき侍ですよ。あの連中が来ると、関わり合いを恐れて、客はみな引き揚げてしまうそうです」

「その刃桜組の人間がお咲にちょっかいをかけていたようですね。あの連中の座敷から女の悲鳴が聞こえていたと、客のひとりが言ってました。女中に悪さをしていたんじゃないでしょうか」

栄次郎はなんとなくいやな感じがした。お咲は客だからお愛想の言葉を口にした。だが、相手はそのことを真《ま》に受けたのか、逆手《さかて》にとってか、お咲を自分の意のままにしようとした。

だが、お咲は逃げ出した。それに激怒した侍が追いかけた。それが、あのときの騒ぎだろう。

十兵衛の助けが入り、連中は逃げ出した。だが、十兵衛に仕返しにやって来た。そんな連中がお咲に対しても素直に引き下がるはずはない。

そのことを察して、『奈良家』の主人はあの連中からお咲を守るためにどこかに隠したのか。

表向きは、急にやめたことにしてあるが、主人に匿《かくま》われているのかもしれない。そう思ったが、そんなことで素直に諦める連中とは思えない。

（まさか）

栄次郎ははっとした。あの連中がお咲を攫《さら》って行ったのではないか。そして、主人を脅迫している。

その疑問を口にすると、新八はため息混じりに、

「確かに、急にいなくなったら、『奈良家』の主人が匿ったと思うでしょう。そしたら、あの連中は何をするかわかりません」

新八は暗い表情で、

「お咲は連れ去られたのかもしれません」

と、唇を嚙んだ。

「刃桜組の連中のことを詳しく調べていただけますか」

「わかりました」

そう言ったあとで、

「そうそう、あっしが『奈良家』に入ったとき、細身の老侍が主人と言い合いをしていました」

「老侍？　継ぎ接ぎの着物を来た侍では？」

「そうです」

「一昨日、お咲を助けた小野川十兵衛です。急にやめたというので、お咲のことが心配になって主人に会いに行ったのでしょう」

無関心を装っていたが、やはり十兵衛は気にかけていたのだ。

「では、すみませんが、よろしくお願いいたします」

栄次郎は新八に頼んでから土間を出た。


それから元鳥越町の吉右衛門師匠の家にやって来た。

きょうは時間が早いせいか、栄次郎が最初だった。

栄次郎はすぐに師匠のそばに向かい、見台《けんだい》の前に座った。

「吉栄さん」

師匠が曇った表情で口を開いた。

「はい」

珍しい師匠の様子に、栄次郎は不審を持った。

「お詫びをしなければなりませぬ」

「はあ」

「…………」

「じつは、市村咲之丞さんから急に夏の演《だ》し物《もの》が変わったと知らせてきたのです」

「当初、深川の八幡祭を題材にした新曲を踊るということでしたが、演目を変えたので、曲を作る必要がなくなったというのです」

「なくなった……」

耳を疑い、栄次郎は呆然となった。

「このようなことになって申し訳ありませぬ。せっかく吉栄さんが曲作りに励んでいるところでしたのに。このとおりです」

師匠は頭を下げた。

「師匠。お顔をお上げください。師匠が悪いわけではありません」

あわてて、栄次郎は言う。

「なぜ、演し物を変えたのか、咲之丞さんにきいても満足な答えは返ってきません。ただ、申し訳ないの一点張り」

「いえ。わかりました。咲之丞さんの気持ちが変わったのですから仕方ありません。承知いたしました」

「詞を作ってくださるお方にも申し訳ない気持ちでいっぱいです。こんなことになるなら、最初から咲之丞さんの依頼をお受けするのではなかったと悔やんでおります」

「いえ。仕方のないことですから」

そう言いながらも、栄次郎は落胆した。

栄次郎が曲を、岩井文兵衛が詞を作り、市村咲之丞が踊る。もちろん、地方《じかた》は師匠や栄次郎が務める。そんな舞台の晴れ姿を頭に描いていただけに、栄次郎の落胆は大きかった。もっとも、いい曲が出来るという保証はない。

かえって重い責任から解放されて、ほっとした部分もないわけではなかった。

だが、そのことより、曲作りの打ち合わせを兼ねて、今夜、文兵衛と会うことになっていたので、胸が痛んだ。

その後、気を取り直して稽古をはじめたが、何度も手を間違えていた。

その夜、栄次郎はお秋の家から薬研堀《やげんぼり》に向かった。

文兵衛になんと話すか迷いながら、元柳橋の袂にある『久もと』という料理屋の門をくぐった。

座敷に案内されると、いつものようにすでに文兵衛は来ていて、女将を相手に酒を呑んでいた。

「遅くなりました」

栄次郎が言うと、文兵衛は軽く手を横に振り、

「わしが早く来すぎたのだ。気にすることではない」

文兵衛は眉が濃くて鼻梁が高い。五十前後だが、若々しく、それでいて年輪を重ね

た男の渋みが滲み出ている。そこはかとなく男の色気が漂っている。

自分もこんな男になりたいと思わせる人間のひとりだった。そう思わせる人間はあとふたり、ひとりは長唄の師匠の杵屋吉右衛門、もうひとりは春蝶《しゅんちょう》という新内語り《しんないかた》だ。

まず、新曲の件を切り出そうとしていると、文兵衛が口を開いた。

「栄次郎どの。きょう、そなたの母御から文が届いた」

「文？　あっ」

栄次郎は覚えず声を上げた。ゆうべの件で、母はさっそく文兵衛に確かめたのだ。

「わしが栄次郎どのに世話をした女子がどのような素性かとのお訊ねだ」

「申し訳ありません。ゆうべ、母から見合いの話を持ち出され、とっさに御前の話を思い出し、つい……」

栄次郎は懸命に言い訳をした。

「女将」

文兵衛は呼びかける。

「少し、ふたりきりで話がしたい」

「では、あとでお呼びください」

女将は座敷を出て行った。

「なに、構わぬ。わしもふたりは似合いだと思ったのでな。母御のほうにはうまく返事を書いておいた。心配はいらぬ」

「ありがとうございます」

栄次郎は頭を下げた。

「手酌でやりなさい」

文兵衛が酒を勧め、

「しかし、母御に話した手前、その娘と会わないわけにはいかぬ。そうは思わぬか」

「はい」

「そうか」

文兵衛はにやりと笑った。

「その娘さんはどのような御方なのでしょうか」

栄次郎はきいた。

「江戸で一番門弟の数が多い道場をご存じかな」

「確か、神田三河町《みかわちょう》にある大園主善《おおそのしゅぜん》どのの道場ではありませんか」

大園主善の道場は有名だ。

「そうだ。門弟には直参の子弟、大名家の家臣などが剣術を習いに来ている。道場主の大園主善どのはいくつもの大名家にも出稽古に行っている」

「大園主善さまの御高名はかねてから聞いております。剣客の中で、その強さは三本の指に入ると言われているそうで」

「うむ。名実ともに江戸で一番の道場であろう」

文兵衛が感歎したように言う。

「大園主善さまとはどのようなお知り合いなのでございますか」

「もう、三十年近く前になろうか。わしがまだ一橋家に出向していたときのことだ。まだ、そなたの父親も健在だった頃のことだ」

文兵衛は遠く懐かしむように目を細めた。

「当時の当主は治済《はるさだ》さまだ」

現十一代将軍家斉《いえなり》の父親であり、そして栄次郎の父親でもあった。

栄次郎は治済が旅芸人の女に産ませた子であった。そのことから、治済は栄次郎を尾張徳川《おわりとくがわ》家の当主にしようと画策したことがあった。栄次郎はその話を蹴ったために、沙汰止みになったが、もし、栄次郎が望めば尾張徳川家六十七万石の当主になっていたはずである。

「あるとき、一橋家に奉公している者たちが徒然《つれづれ》に、当代随一の剣客は誰かという話で盛り上がった。その頃、江戸で評判の剣客に、大谷甚兵衛《おおたにじんべえ》、山井周蔵《やまいしゅうぞう》などがいた。ある者は大谷甚兵衛、別の者は山井周蔵だと、言い合った。その話を聞きつけた治済さまが、では立ち合わせようと言い出したのだ」

「剣術の試合ですか」

「そのとき、大谷甚兵衛、山井周蔵以外にも、隠れた剣客がいるかもしれないと、各道場にも問い合わせ、腕に覚えがある者の参加を募った。だが、相手が一刀流《いっとうりゅう》の大谷甚兵衛、直心影流《じきしんかげりゅう》の山井周蔵だと知ると、誰もが尻込みをした。したがって、大谷甚兵衛と山井周蔵のふたりの一騎討ちと決まった。ところが、深川のほうの小さな道場から五十嵐大五郎《いがらしだいごろう》、向田市十郎《こうだいちじゅうろう》というふたりの若い剣客が参加を申し出た」

文兵衛は一息つき、栄次郎が興味を示しているのを確かめてから続けた。

「試合は一橋家の深川の屋敷の庭で行なわれた。見物人も屋敷に入れたため、当日はたいへんな賑わいだった」

「高名なふたりの剣客がよく立ち合うことを承知しましたね。負けたほうは今後剣客としてやっていくにはかなりの痛手になります。それなのに、試合をするというのは、やはり、本物の剣客だったからでしょうか」

「いや、違う。わしは見抜いていた。あのふたり、お互いに一本ずつ取り合い、最後は引き分けに持っていく。そんな話し合いが持たれていたのだ」

「そうですか」

「そうだ。剣客といえど、そういうものだ。だから、大谷甚兵衛と山井周蔵の名を聞いてみな出るのを渋った。負けるとわかっているからだ。やってみなければわからぬのにな」

文兵衛は皮肉そうに笑った。

「だから、五十嵐大五郎、向田市十郎のふたりは怖いもの知らずというか、気骨《きこつ》のある若侍であった。しかし、世の中は恐ろしいものよ。誰もが、大谷甚兵衛と山井周蔵の決戦を疑っていなかった。ところが違ったのだ」

文兵衛は杯を口に運んだ。

「組み合わせは、まず山井周蔵と向田市十郎、次に大谷甚兵衛と五十嵐大五郎と決まった。見物人のどよめきは山井周蔵と向田市十郎との試合で起こった。あの天下無敵と思われた山井周蔵が簡単に負けた。わしは目を疑った。山井周蔵は木剣を構えたまま、身動《みじろ》ぎ出来なかった。やがて、苦し紛れに打ち込んで、あっさり胴を打たれた。二本目もあっけなかった。若い無名の向田市十郎が勝ってしまった。まぐれではない。

堂々とした勝ちだ。こうなると、大谷甚兵衛と五十嵐大五郎の対決にみなの注目が集まった。最初の一本を五十嵐大五郎がとると、見物人は騒然とした。だが、二本目は浅いながら大谷甚兵衛の籠手《こて》が決まり、対等になった三本目。五十嵐大五郎の突きに大谷甚兵衛は尻餅をついた。甚兵衛は足を滑らせたと抗議をしたが、行司役は一本をとった」

栄次郎は興奮した。無名の若い剣客が世に出る瞬間だ。

「いよいよ、無名の五十嵐大五郎と向田市十郎の決戦だ」

文兵衛も声を弾ませて言う。現在の姿を見れば五十嵐大五郎の勝利だったことが想像つくが、文兵衛の言葉は違った。

「ふたりは互角で勝負がつかなかった」

「引き分けですか」

「そうだ。試合は一刻（二時間）ほどかかった。その間、何度か激しい打ち合いがあったが、ほとんどは睨み合いが続いた。最後はふたりとも失神寸前だった」

「なんと」

いかに激しい試合だったのかがわかる。両者の技量は互角だったのだ。

「五十嵐大五郎が今の大園主善どのだ」

文兵衛が続ける。

「ふたりのことは瓦版でも紹介され、ふたりに仕官の口が舞い込んだ。剣術指南役として召し抱えたいというものや、娘の婿にという武士も現れた。五十嵐大五郎は五百石の旗本大園弥兵衛《やへえ》の娘婿になった。一方の向田市十郎は西国の大名家の剣術指南役になった」

「そうですか。で、旗本になった大園主善さまがどうして剣術道場を？」

「家督を伜に譲り、自分は道場を開いたというわけだ。もともと剣にかけては天才的なひとだから、門弟もどんどん増えて行った」

「すると、すべての出発は一橋家で行なわれた剣術の試合にあるわけですね」

「そうだ。わしとものそのときからのつきあいだ」

「そうでしたか」

「あのとき、五十嵐大五郎は大谷甚兵衛に一本とられていたが、あれはあとから聞いたが、わざと相手に花を持たせたそうだ」

「花を？」

「そうだ。一方的に叩きのめしては相手の誇りを傷つけ、恨みを買うようになる。そのために、一本は譲ったと。その後も、大谷甚兵衛どのは強かった、勝ったのは運がよかっただけだと、大谷甚兵衛の耳に入るようにあちこちで話している。そういう気配りのひとなのだ」

「そうなんですか」

　栄次郎は感歎する。

「あれだけの剣客だが、かつてひとを斬ったことは一度もない。剣は己の心を磨くものという考えが貫かれているのだ」

　文兵衛はやや眉を寄せて続けた。

「一方的に山井周蔵を敗《やぶ》った向田市十郎は、後日、山井周蔵の仲間に襲われた。そのとき、何人かの屍《しかばね》が転がったそうだ。闘った相手は徹底的に叩く。それが向田市十郎の考えだ。五十嵐大五郎とはまったく逆だ」

　文兵衛はふっと笑みを浮かべ、

「その娘の綾乃《あやの》どのは今年十七歳。栄次郎どのに似合いかなと思ってな」

「御前。私は三味線弾きとして独り立ち出来るようになるまで嫁はもらわぬつもりです。いえ、食べさせてはいけませぬ」

「まあ、早急に決めることではない。綾乃どのはそなたが舞台で三味線を弾いているのを観たことがあるそうだ。いずれ、引き合わせたい」

「じつは、御前にお話が」

栄次郎は思い切って口にする。

「なんだな」

「先日、お願いした話が立ち消えになりました」

「先日の話？　ひょっとして、詞を作るという話か」

「はい。申し訳ございません」

栄次郎は頭を下げた。

「いや。栄次郎どのが謝ることではあるまい。でも、何があったのだ？」

「はい。市村咲之丞さんが、演し物を変えたそうです。新しい曲はやらないことになったと言うことです。なぜなのかわかりませんが……」

「そうか。演し物を変えたのか。それなら、どうしようもないな」

文兵衛も表情を曇らせた。

「すみません」

栄次郎はもう一度、謝った。

「せっかくだ。市村咲之丞のことなど関係ない。このまま曲作りを続けようではないか」

るることにもなる。


「このままですか」

「そうだ。どんなものが出来るか。出来たら、ここで披露しよう」

「なるほど。わかりました。ぜひ」

市村咲之丞が舞台にかけようがかけまいが、関係ない。自分の三味線の技量を高めることにもなる。

そう心に決めると、元気が出た。

「そろそろ、唄でもやるか」

芸者を呼ぼうとしたのを押しとどめ、栄次郎は聞き漏らしたことを口にした。

「五十嵐大五郎と向田市十郎の決戦は引き分けに終わったということですが、その後、ふたりは決着をつけようとはしなかったのですか」

「うむ。ふたりが再び、まみえることはなかった」

文兵衛は暗い顔をした。

「何かあったのでございますか」

「向田市十郎はさる大名家の剣術指南役になったものの、若君を怒らせてしまったらしい。なにしろ、あの男は頑固一徹のようでな」

「何があったのでしょうか」

「若君が女中を追いかけまわしていたのを咎《とが》めた。かっとなった若君が向田市十郎に向かっていったのを、遠慮せず投げ飛ばした。若君に、恥を知りなさいと説教をしたそうだ。向田市十郎は剣術の指南においても遠慮会釈を考えず、相手が主君であろうが、まったく平等に扱った。主君や若君、あるいは重役の伜らには、少し手加減をし、嘘でもいいから剣の筋がいいなどと口にすればいいものを、ばか正直に、素質はないなどと平気で言ってしまうらしい。だんだん、疎《うと》んじられた」

「じゃあ、大名家をやめたのですか」

「そうだ。それきり行方はわからない。江戸を離れたようだ。その後、どうなったのか、わからない」

「向田市十郎……」

栄次郎に、ある男の姿が浮かんでいた。

小野川十兵衛だ。刀を振りかざした武士が素手の十兵衛に斬りつけていけなかった。十兵衛の気の強さに向かっていけなかったのだ。

まさかとは思うが、栄次郎は確かめてみたいと思った。

「向田市十郎の顔とか体に何か特徴はありますか」

「特徴？　さあ」

文兵衛は首を傾げた。

「そういえば、右の二の腕に花びらのような痣《あざ》があった。試合の最中、上段に構えた向田市十郎の二の腕に西陽が当たり、その痣が赤い花びらのようにきれいだったのを覚えている」

二の腕の痣は目印になる。

「栄次郎どの。何か心当たりが?」

「いえ。そういうわけではありません」

栄次郎は確かめるまでは口に出来ないと思った。

その後、芸者もやって来て、座はいつものように賑やかになった。

四

翌日の朝、栄次郎は明神下の新八の長屋を訪れた。

ゆうべ、屋敷に帰ると、兄から新八の言づけを聞いた。明日の朝寄ってくださるようにとのことであった。

腰高障子を開けると、

「すみません。お呼び立てして」

と、新八が待っていた。

「何か、わかったのですか」

「ええ。刃桜組の中心は、旗本の内藤恭三郎《ないとうきょうざぶろう》、坂部稲次郎《さかべとうじろう》、吉池房次郎《よしいけふさじろう》で、下級旗本の倅や御家人の倅などが仲間に加わっているようです。料理屋での無銭飲食、恐喝、女に悪さをしたりとんでもない連中です」

「そうですか。お咲は奴らから逃げまわっているのでしょうか」

「お咲の住まいがわかりました。阿部川町《あべかわちょう》の長屋です。でも、やはり帰っていません。病気の父親が寝ているだけでした」

「父親には？」

「会いました。娘が帰って来ないと心配していました」

「そうですか。長屋の住人には？」

「まだ、です」

「では、行ってみます」

「案内いたしましょう」

「助かります」

栄次郎は新八とともに浅草阿部川町に向かった。

三味線堀を通り、武家地を抜けて、阿部川町にやって来た。八百屋と荒物屋の間の長屋木戸を入る。

新八はお咲の家に向かった。

腰高障子を開けて、新八が声をかける。

「とっつあん、いいかえ」

新八と栄次郎は土間に入る。男が薄いふとんに横たわっていた。薬湯の匂いがする。

「お咲ちゃん、まだ帰って来ないのかえ」

新八がきく。

「まだだ。どこに行っちまったのか」

父親が半身を起こした。

「あっ、無理しなくていいぜ」

新八があわてて言う。

「いや、だいじょうぶだ」

「『奈良家』の主人は何か言ってきましたか」

栄次郎は口をはさむ。

「心配しないでいい。じきに帰って来ると。でも、どこに行ったのか教えちゃくれなかった。何か隠しているようだ」

父親は怒ったように言ってから咳き込んだ。

「とっつあん、横になってな。お咲ちゃんの行方はあっしたちが必ず突き止めるから、あんまり心配しないでな」

新八が慰める。

外に出た。

「やっぱり、『奈良家』の主人は何かを知っています。これから、『奈良家』に行ってみます」

栄次郎は長屋を出て、新堀川《にいぼりがわ》を渡り、田原町《たわらまち》から並木の『奈良家』の前にやって来た。まだ、昼前で、店は開いていない。

土間に入り、掃除をしていた女中に、主人を呼んでもらった。

女中が奥に呼びに行く。しばらくして、先日の主人が現れた。栄次郎に気づいて、顔色を変えた。

「なんでございましょうか」

厳しい顔できく。

「お咲さんが長屋に帰っていないそうですね」

「そうですか。私は知りません」

「お咲さんの父親に、『心配しないでいい、じきに帰って来る』と言ったそうですね。お咲さんの居場所を知っているんじゃありませんか」

「知りません」

「では、どうして、じきに帰って来ると言ったんですか」

「心配かけたくないからだ」

「お咲さんはお店をやめたと仰っていましたね。それなのに、父親に会いに行ったのですか」

「あなたたちはなんなのですか。お咲とはどういう関係なのですか」

主人が眦をつり上げた。

「この前の騒ぎのとき、たまたま通り合わせただけです。でも、刀を振りかざした武士に追いかけられていました。尋常ではありません」

「あなたたちには関わりのないことです」

「見捨てておけない性分なんです。お咲さんがいなくなって何日か経つではありませんか。ほんとうに無事なんですか」

「…………」

　主人は不安そうな顔をした。

「刃桜組の連中に連れて行かれたんじゃないですか」

　主人は唇を噛んで表情を強張《こわば》らせた。

「そうなんですね」

　主人は頷いた。

「どうして御番所に訴えなかったんですか」

「訴えても無駄ですよ。奉行所は手出しできない。以前にも訴えたことがある。あの連中が座敷で無理難題を言って騒いでいるとき、通りかかった同心と岡っ引きに助けを求めました。でも、相手に睨みつけられて何もできなかった。旗本では相手が悪いと言ってすごすごと逃げて行った」

　主人は吐き捨てるように言う。

「同心が……」

「そんなもんです」

「お咲さんはどこに連れて行かれたんですか」

「わかりません」

「どうして連れて行かれたのですか」

栄次郎は問いつめる。

「さあ、答えてください。お咲さんの身に危害が加えられるかもしれないのですよ」

「あの騒ぎの次の日に、あの連中がまたやって来て、お咲に用がある。もし、お咲を寄越さなければ店を潰してやると脅されて」

「まるでごろつきじゃないですか」

「そうです。奴らはごろつきです。奴らが手なずけているごろつきがいます。その連中に毎日店の前で凄まれたら、客は来ません」

主人は泣きそうな声になって、

「だから、仕方なかったんです」

「じゃあ、それでお咲さんに因果を含めたというわけですか」

栄次郎は怒りを押さえて言う。

「そうするしか他に手立てがなかった」

「お咲さんはどこに?」

「田原町三丁目にある金右衛門《きんえもん》という金貸しの家に寄越せと言うんです。そしたら、そこで今までの支払いも済ませてやると言うので、お咲に行ってもらったんです。御勘定だって、かなり貯まっています。諦めていたので、それをお支払いいただけるならと」

「それで、お咲さんはひとりでそこに行ったんですね」

「そうです」

「それきり帰って来なかったんですね」

「はい。翌日にまたお侍のひとりがやって来て、しばらくお咲は我らといっしょに過ごすことになった。お咲は急にやめたことにしろと」

「勘定は？」

「払ってくれませんでした」

そこまでされているのに、どうして言いなりになるのかと、栄次郎は腹立たしかった。

「お咲さんがこのまま帰って来なかったらどうするつもりなのですか」

「それは……」

「やはり、御番所には訴えませんか」

「訴えても無駄ですよ。そんなことをしたら、逆恨みで何をされるか」

主人は自嘲ぎみに言う。

「まるで、お咲さんを奴らの人身御供《ひとみごくう》に差し出したと同じではありませんか」

「…………」

この主人はなんだかんだと自己弁明をしているが、お咲を言い含め、奴らのところに行かせたのだ。

「ともかく、金貸しの金右衛門のところに行ってみます」

栄次郎は憤然と言い、外に出た。

「なんという主人でしょう。お咲を奴らに渡したんじゃありませんか。いくら脅されたとはいえ……」

新八も憤慨した。

「一番悪いのは刃桜組を名乗っている連中です」

栄次郎と新八は田原町三丁目に着いて、金貸し金右衛門の家を見つけた。

暖簾をくぐり、戸を開けて土間に入る。帳場机の前に、小肥りの男が座っていた。奥にも年配の男がいた。

「ちょっとお訊ねします。ここに来れば、刃桜組と名乗る武士のみなさんに会えると伺ってきたのですが」

「どちらさまですか」

奥にいた年配の男が近付いてきた。恰幅《かっぷく》のいい男だ。

「金右衛門どのか」

「さようでございます。して、あなたさまは？」

「矢内栄次郎と申します。刃桜組の内藤恭三郎、坂部稲次郎、吉池房次郎どのにお会いしたい。いらっしゃいますか。いなければ、どこに行けば会えるのか教えていただきたい」

「どのような御用でございましょうか」

「『奈良家』のお咲という女中がここに来たと思いますが、そのことで？」

「なんのことやら、わかりませんが」

金右衛門はとぼけた。

「内藤恭三郎、坂部稲次郎、吉池房次郎どのはご存じですか」

「まあ」

「ここに、お咲という娘がその武士たちに会いにきたはずですが」

「さあ、私どもは承知しておりません」

「その者たちの屋敷はどこか教えていただけませぬか」

「知りません」

「知らない?」

「ええ。あの方たちがここにお見えになるだけで、私らはあの方々のことは詳しく存じません」

「なにをしにここに?」

「私どもはお金を貸す商売です」

「つまり、金を借りに来ていると?」

「まあ、そんなところです」

「もう一度、お訊ねしますが、お咲という娘は来ていないのですね」

「来ていません」

金右衛門は否定してから含み笑いをした。

「番頭さんかほかの方が知っているのでは?」

「いえ。そんなことはありません」

これ以上、押し問答をしても無駄だ。

「わかりました。内藤恭三郎、坂部稲次郎、吉池房次郎どのの住まいはこちらで調べましょう」

「失礼ですが、あなたさまはどのようなことでお訊ねになっているのですか」

金右衛門が蔑《さげす》むように言う。

そのとき、横合いから新八が口を出した。

「じつは、あっしは御徒目付さまの手先でして、最近、不良旗本が横行しているという訴えにより、調べているところです」

「御徒目付……」

「へえ。その調べの中で、内藤恭三郎、坂部稲次郎、吉池房次郎の名が上がった次第でして、なあに、その者たちの屋敷はすぐ調べられます。もう一度、確かめますが、その三人はこちらに金を借りに来ているのですね」

新八は凄味を見せた。

「いや、それほどたいした額では……」

「いずれにしろ、金を借りているわけですね。もし、場合によってはそのことを証言していただけますね」

「お侍さまが金を借りて悪いことはありますまい」

金右衛門がむきになった。

「そのこと自体はそうです」

栄次郎が引き取って続けた。

「あなたが金を貸したことは問題になりません。ですから、あなたが御目付の前で証言なさってもあなたに不利益なことはありません」

「…………」

「ただ、場合によっては、あなたが他にどのような者に金を貸して、どのように回収しているのか、そのことを調べさせていただくかもしれません。そのことはお含みおきを」

金右衛門は頬を微かに痙攣《けいれん》させた。

「それから、不良旗本の件は御徒目付が探索しますが、お咲失踪の件は奉行所がこれから動きはじめるでしょう。私のほうからも、お咲は来なかったそうだとは話しておきますが、奉行所のほうからも聞き込みに来るかもしれません。そのことも承知をしておいてください。お邪魔しました」

栄次郎は新八と顔を見合わせてから金右衛門の前から離れた。

外に出てから、新八があわてて言う。

「すみません。あの男があまりにもふてぶてしいので、ついかっとなって御徒目付のことを言い出して」

「いえ、よかったですよ。あれで、金右衛門もだいぶ動揺したようです。やはり、お咲はここに来ていますね」

「ええ、間違いないと思います」

「おそらく、ここからどこかへ連れて行かれたのでしょう。やはり、三人のうちのどこかの屋敷でしょう」

栄次郎は声が沈んだ。

「屋敷を探し出し、忍んでみます」

新八が厳しい表情で言う。

「お願いします」

お咲がどんな目に遭っているのか、想像がつく。許せないと、栄次郎は拳を強く握りしめた。


新八と別れ、栄次郎はお秋の家に行く前に、天空寺に寄った。

本堂の裏の十兵衛の住まいに行ったが、留守だった。

庭掃除をしている寺男に近付いて声をかけた。

「小野川十兵衛どのはお出かけのようですね」

四十前後と思える小柄な寺男は、

「今、庫裏のほうで、子どもたちに学問を教えてなさる」

と、箒を使う手を休めて言う。

「そうですか」

「十兵衛先生に会いに来たのかね」

「ええ。十兵衛どのはいつからこちらに？」

「一年ほど前だ。ここの住職と古い知り合いらしい」

「そうですか。それにしては、あんな物置小屋で暮らしているなんて」

「あれは十兵衛先生が望んだことだ」

「十兵衛どのが？」

「ああ、あの御方は我々凡人とは違う。とうてい真似など出来ねえ」

「違うとは？」

「寝るのは板の間に敷いた茣蓙《ござ》の上だ。ふとんは使わない。毎朝、夜明け前に起きて井戸で水をかぶり、それから木剣の素振りを一刻（二時間）以上もやり、さらに柔術の型稽古などをし、最後にまた井戸で水をかぶる。雨の日でも、雪の日でも欠かしたことはねえ。食うものだって粗食だ」

「家族は？」

「いるもんかね。誰も訪ねてくる者はいない」

「十兵衛どのとお話をすることは？」

「あの先生は必要なことしか喋らねえからな」

寺男は苦笑した。

「十兵衛どのの右手の二の腕に何か痣がありませんでしたか」

「痣？」

寺男は小首を傾げた。

「そういえば、あったような気がするな。汗で葉っぱが付いていたのかと思ったが、痣だといえば、そうかもしれない」

これは、自分の目で確かめなければならない。

「十兵衛どのはときたま大川に釣りに行かれますね」

「ああ、行くな」

「先日、見ていたら、釣った魚を逃がしていました。どうしてなんでしょうか。殺生したくない、何かがあるのでしょうか」

「そんな深い意味はないさ。あの御方は釣り糸を垂れているだけでいいんですよ。だから、餌をつけていないはずだ」

「餌をつけていない？　でも、魚は釣れていました」

「へえ、そんなことあるのかな」

寺男は掃除をはじめた。

栄次郎は引き揚げた。


お秋の家で三味線の稽古をしたが、きょうは客が入っているので忍び駒をつけて音を消した。

二階の西側の部屋を逢引きの男女のために貸して、お秋は小遣い稼ぎをしているのだ。客にすれば、八丁堀与力の妹の家だと思い込んでいるので安心感があるのだろう、利用客は多い。

夜になって、旦那の崎田孫兵衛がやって来た。奉行所では厳《いか》めしい顔で執務に当たっているのだろうが、ここでは鼻の下を伸ばしっぱなしだ。

酒を酌み交わしてから、栄次郎は切り出した。

「崎田さま。刃桜組と名乗る不良旗本の子弟の一団のことをご存じですか」

「刃桜組か」

孫兵衛は眉根を寄せた。

「やはり、お耳には入っているのですか」

「うむ。あちこちで乱暴狼藉を働いているらしい」

「なぜ、取り締まらないのですか」

「相手は旗本だ。それに、どこからも正式に被害届けがない」

「しかし、被害を被っている町のひとたちがいるのは事実ではありませんか。脅されて、泣き寝入りをしているのではありませんか」

栄次郎は少し強い口調になった。

「しかし、その証《あかし》がない」

孫兵衛は不機嫌そうに猪口を口に運んだ。

「並木にある『奈良家』をご存じですか」

「ああ、奈良茶漬けを食わせてくれるところだな」

「はい。刃桜組の侍は『奈良家』で、我が物顔に振る舞い、とうとうお咲という女中をどこかに連れて行ってしまいました。お咲は金貸しの金右衛門のところに……」

栄次郎はその経緯を語った。

「三日以上経つのに戻って来ません。お咲の身が心配なのです。どうか、奉行所で動いていただけませぬか」

「刃桜組の者が連れて行ったという証があるのか」

「『奈良家』の主人がはっきり言っています」

「しかし、相手が知らないと言ったらどうする？　『奈良家』の主人が嘘をついていると騒いだらどうするのだ？」

「『奈良家』の主人の言葉が正しいことを明らかにすれば……」

「主人に脅しをかける。そしたら、主人は前言を翻《ひるがえ》す。今までも、そうだ。今頃は『奈良家』の主人に脅しをかけているかもしれない」

「なんと卑劣な」

栄次郎は腹の底から憤りが湧いてきた。

「ひとの命をということなら別だが、その程度ではな」

「お咲は手込めにされているかもしれません。ひとの命を奪うと同じ非道ではありませんか。それでも、捕らえられないのですか」

「以前にも、娘が手込めにされた事件があった。しかし、奴らは合意の上だとか、娘のほうから誘って来たと言った」

「その娘は？」

「首をくった」

「なんと……」

痛ましさに、栄次郎は覚えず目を閉じた。

そして、大きく深呼吸をして息を整えてから、

「刃桜組の中心の内藤恭三郎、坂部稲次郎、吉池房次郎の三人についてわかっていることを教えていただけますか」

と、きいた。

「内藤恭三郎は西丸小納戸頭取内藤恭右衛門《きょうえもん》どのの次男だ」

西丸小納戸役は将軍世継ぎの身の回りのものを用意する役だ。

「そのような御方の子ですか」

親の顔に泥を塗るような真似をしてと思ったが、親は息子の無法ぶりに気づいていないのだろうか。

「屋敷は本郷だ。他のふたりについては明日にでも調べる。いずれにしろ、旗本や御家人の次男、三男だ。部屋住の悲哀をこういう形で……」

はっと気づいて、孫兵衛は声を止めた。

「そなたも部屋住であったな」

「……」

部屋住がみな世をすねて凶暴に走るわけではない。

「それから、金右衛門は嘘をついています。お咲の居所を知っているはずです。金右衛門を問いつめることは出来ませぬか」

「金右衛門か」

孫兵衛は顔をしかめた。

「あの男は食わせ者だ。そう簡単にはいかぬ。奉行所にも付け届けをしている。同心や岡っ引きにも袖の下を渡しているようだ」

「つまり、奉行所もよほどのことがない限り、金右衛門には手が出せないと？」

「…………」

「つまり、刃桜組に関しては、奉行所は何も出来ないと言うわけですね」

「そういうことだ」

孫兵衛は顔をしかめ、

「なんだか、酒がまずくなった」

と、うんざりしたように言う。

「こんなことが許されていいはずがありません」

栄次郎は立ち上がった。

「うむ？」

「帰ります」

栄次郎は部屋を飛び出す。

「あら、栄次郎さん。食べていかないんですか」

お秋が追って来た。

「ひとりにさせてやれ」

孫兵衛の声が聞こえた。


栄次郎はくさくさした。落ち着かず、真っ直ぐ帰るつもりが、無意識のうちに足は天空寺に向いていた。

山門を入る。暗い境内を突っ切り、本堂の裏手に向かう。

物置小屋に向かうと微かに明かりが漏れている。その明かりに向かって暗い庭を行く。

小屋の戸の前に立った。

「誰か」

中から声が聞こえた。

「失礼します」

栄次郎は戸を開ける。

十兵衛は正座をし、文机の上の白い紙に絵を描いていた。観音さまの絵だ。見事な美しい観音像が墨で描かれていた。

「今、よろしいでしょうか」

栄次郎は声をかける。

「明日にしてもらおう」

きっぱりとした言い方に、それ以上つけ入る隙はなかった。

「わかりました。明日の朝、参ります」

栄次郎は外に出ようとして、振り返った。十兵衛の右手を見たが、二の腕は袖で隠れていた。

月のない夜で、境内は漆黒の闇に包まれていた。

第二章　老剣士

一

翌日、七つ（午前四時）に起き、日課の素振りをこなした。まだ、真っ暗の中に、剣が風を斬る音だけが轟いていた。

稽古を終えたのは東の空が白みだした頃だ。栄次郎は朝餉もとらず、屋敷を出た。

天空寺に着いたとき、陽は上っていた。物置小屋の傍から激しい気合が聞こえてきた。

まだ、稽古を続けていたのだ。

栄次郎は待った。稽古が終わったのはそれから四半刻（三十分）後だ。十兵衛は木剣を置いて、井戸に向かう。

下帯ひとつになって井戸水を頭から何杯もかぶる。梅の咲く季節でも、水は冷たい。十兵衛は五十を過ぎているとは思えない逞しい体をしていた。

朝陽が十兵衛の裸の体を照らしている。井戸から水を汲み、頭からかける動作を何度も繰り返しているが、栄次郎の視線は十兵衛の右手の二の腕に向いている。

水の入った桶を頭上に持ち上げるたびに二の腕の痣が見える。やはり、花びらのような痣だ。

向田市十郎だ。かつて、一橋家の屋敷で、大園主善こと五十嵐大五郎と壮絶な試合をした向田市十郎に間違いない。

栄次郎は岩井文兵衛から伝説的な試合の模様を聞いていたので、歳をとった向田市十郎を目の当《ま》たりにして感慨のようなものがわき上がっていた。

さる大名家の剣術指南役として仕官しながら、その妥協のない性格が災いをして御家を追われ、その後消息を断った剣客がいま栄次郎の目の前にいるのだ。

だが、その姿には孤独の影がつきまとっている。闘った相手の五十嵐大五郎は旗本になり、今は江戸一番の道場の主だ。

ようやく、十兵衛は井戸から離れ、手拭いで体を拭きはじめた。

栄次郎に気づいているはずなのに、目を向けようとしなかった。栄次郎は、継ぎ接ぎだらけの着物を羽織り、物置小屋に向かう十兵衛のあとについた。

戸の前で、十兵衛は振り返った。

「用なら手短に話せ」

「『奈良屋』の女中のお咲が行方を晦《くら》ましたままです。あの連中の仕業かと思われますが、その証はありません」

「それだけか」

「いえ」

栄次郎は一歩前に出て、

「あなたとお話がしたいと思いました」

と、訴えるように言う。

「話すことはない」

「なぜ、餌をつけずに釣り糸を垂らして魚が食いつくのですか」

「餌と間違えているだけだ」

そう言い、十兵衛は戸を開けた。

「待ってください」

返事はない。

十兵衛は小屋に入ろうとした。

「あなたは、向田市十郎さまではありませんか」

十兵衛が足を止めた。

「三十年ほど前、一橋家の屋敷の庭で、五十嵐大五郎どのと壮絶な剣術の試合の末に引き分けた向田市十郎さまですね」

栄次郎は十兵衛の背中に話しかける。

「市十郎さま。どうか、お話を……」

十兵衛は無言で小屋に入り、後ろ手に戸を閉めた。とりつくしまがなかった。

だが、諦めず、栄次郎は戸の前で話しかけた。

「五十嵐大五郎どのとの試合の模様は、元一橋家にいた岩井文兵衛さまからお聞きしました。文兵衛さまは、向田市十郎さまととても会いたがっていました」

しかし、小屋の中から返事はない。

「向田さま。出来ましたら、ご指南願いたいのです。また、参ります」

栄次郎は小屋から離れた。

途中、背後に視線を感じて振り返った。小屋の板壁の割れ目から、十兵衛がじっと見つめているのがわかった。

栄次郎はきのうの孫兵衛の言葉が気になって、『奈良家』に向かった。

朝早くから浅草寺の参道にひとの姿が目立ち、雷門の前にはひとだかりがしていた。

栄次郎はまだ大戸が閉まっている『奈良家』の戸を叩いた。

潜り戸から女中が顔を出した。何度か見かけた顔だった。

「ご主人にお会いしたい。お取り次ぎを」

女中は困惑した顔で、

「この時間、誰にも会いたがらないんです。取り次いだら、私が叱られますから」

と、難色を示した。

この前の侍がやって来ても取り次ぐなと言われているのだろう。

「そうか、仕方ない。では、代わりにきいてきてくれないか」

「えっ、私が?」

「そう。ちょっと確かめたいことがあるのだ」

「なんでしょうか」

女中はおそるおそるきく。

「お咲が刃桜組の侍に連れて行かれたことは間違いないかきいてきてもらいたい」

「でも」

栄次郎は小銭を女中に握らせた。

「じゃあ、ちょっときいてきます」

女中は引っ込んだ。

少し待たされたが、女中が戻って来た。

「刃桜組のお侍さんに連れて行かれたかどうかはわからないとのことです。勝手に出て行ったのかもしれないそうです」

「主人はそう言ったのか」

「ええ」

「そうか。例の刃桜組の侍はきのう来なかったか」

「来ました。主人に会ってから、きのうはおとなしくすぐ引き揚げました」

「そうか。主人に何か言ったんだな」

孫兵衛の言うとおりだ。主人を脅したのだ。主人の言葉がなければ、刃桜組を問いつめることは出来ない。

金貸しの金右衛門は栄次郎たちが帰るとすぐに内藤恭三郎に知らせた。それで、奴らは主人の口を封じるためにやって来たのだ。

「もう、いいですか」

「ああ、邪魔した」

栄次郎は戸口から離れた。

それから、阿部川町の長屋にお咲の父親を訪ねた。

心配から食べ物が喉を通らないのか、父親の衰弱は激しかった。隣りに住む女房が、

「お咲ちゃん、こんなおとっつあんを残してどこに行ったんだろうね」

と、怒ったように言う。

その言い方に責めるような響きがあったので、

「お咲さんの手掛かりが何かわかったんですか」

と、栄次郎はきいた。

「お咲ちゃんが不忍池の辺《ほとり》を男と親しそうに歩いているのを見たって教えてくれるひとがいたんですよ」

「誰ですか、教えてくれたひとと言うのは？」

「商人ふうのひとよ。わざわざ、親切に遠くから教えに来てくれたんですよ」

「知らないひと？」

「ええ、知らないわ」

「それは、いつですか」

「きのうの夕方よ」

内藤恭三郎たちの仲間だ。

栄次郎は不安になった。必死に、お咲との関わりをないものにしようとしている。なぜ、そこまでするのか。

まさか……。不吉なことを考えて、栄次郎は胸が引き裂かれそうになった。


栄次郎はお秋の家に行ったが、三味線の稽古に身が入らない。どうしても、お咲のことが気になる。

栄次郎は最悪の事態を考えていた。

梯子段を上がる足音がし、お秋が顔を出した。

「新八さんがお見えですけど」

「ここに通していただけますか」

「はい」

お秋が階下に行き、入れ代わって新八が顔を出した。

着物の裾をぽんと叩いて腰を下ろし、新八が切り出す。

「ゆうべ、内藤恭三郎、坂部稲次郎、吉池房次郎の屋敷に忍んでみましたが、お咲が捕らえられている気配はありませんでした」

「よく、屋敷の場所がわかりましたね」

「栄之進さまに調べていただきました」

「兄上に」

「はい。栄之進さまも刃桜組のことは耳に入っている様子でした。でも、動きだすまでには至らないとのことでした」

「そうですか」

「それより、お咲はどこにいるのでしょうか」

新八がいまいましそうに言う。

「旗本屋敷なら奉公人もいるので、女を連れ込むのは難しいかもしれません。奉公人も雇えないような下級武士が刃桜組にいるはず」

「栄之進さまが言うには、本所の不良御家人も刃桜組に加わっているそうです。その不良御家人の屋敷も調べてみます」

「お願いします。そこに連れ込まれたかもしれません」

「栄次郎さん。表情が曇っていますが、お咲さんのことで何か暗い材料が？」

「何日経っても、音沙汰ないのが無気味なんです。それと、刃桜組の者がなにやら工作をしていることが引っかかります。考えたくないのですが」

「そうですね。落ち着いてはいられない。ともかく、本所の不良御家人を調べてみます」

「お願いいたします」

新八を見送ってから、栄次郎は窓辺に立った。天気はいいが、風があり、大川は波が荒そうだ。

こんな日も十兵衛は釣り糸を垂れているのだろうか。

そう思うと、十兵衛に会いたくなった。栄次郎は三味線を片づけ、部屋を出た。

いつもの場所で、十兵衛は釣り糸を垂れていた。

栄次郎は隣りに立った。十兵衛は何も言わない。傍らに魚籠があるが、使うつもりのないものだ。

寺男が言っていたように餌は用意していないようだ。ほんとうに、ただ釣り糸を垂れているだけだ。

ただ、不思議なのは大川を見つめていると、横に十兵衛がいることをつい忘れそうになる。気配がまったくないのだ。

気配を消しているわけではない。気配を消すにはかなりな労力が必要だが、十兵衛は自然体だ。

これは恐るべきことだ。そこまでの修練がされているということか。仕官した大名家をやめたあと、向田市十郎こと十兵衛は剣の修行の旅をしてきたのだろうか。そして、十兵衛は剣の道の極みに達した。そんな気がしてならない。

川の流れがいつもより早いようだ。ゴミが流れて行く。

十兵衛が釣り糸を上げた。しかし、魚はかかっていない。もう帰るのか。そう思って十兵衛の顔を見る。

栄次郎はおやっと思った。十兵衛の目が何かを睨んでいる。栄次郎はその視線の先を追った。

波間に何かが浮き沈みをしている。赤いものが見える。布のようだ。黒く長いものが髪の毛だと気づき、栄次郎はあっと声を上げた。

水死人だ。十兵衛も立ち上がっている。しかし、水死人は岸まで近付きながら、また波にもまれて離れていく。

「船を出させろ」

十兵衛が叫ぶ。

「はい」

栄次郎は駒形堂《こまがたどう》の近くにある船宿に駆け込んだ。

半刻（一時間）後、女の水死人が船から陸に揚げられた。同心や岡っ引きも駆けつけていた。

「磯平《いそへい》親分」

岡っ引きは栄次郎の知り合いの磯平だった。四十年配で、食い下がったらしつこい岡っ引きだ。

「ひょっとして知らせてくれたお侍というのは矢内さまで」

「ええ、私です」

「可哀そうに。若い身空で」

磯平が手を合わせてから亡骸《なきがら》を見る。

「親分。どうやら水死人ではないようですね」

栄次郎は言ってから、

「袈裟懸けに斬られています」

と、教えた。

「なんと」

磯平は目を剝いた。

栄次郎は胸騒ぎがして、

「親分。身許を知るものはありませんか」

と、きいた。

「見当たりませんね」

磯平は胸許などを見たが、持ち物はなさそうだ。川に流されたか。

「親分。ちょっと気になる娘さんがいます。並木の『奈良家』のお咲という女中が何日も前から行き方知れずになっていました」

「そういえば、そんな訴えが出ていたようですね。わかりました」

磯平は子分に『奈良家』の人間を呼んでくるように命じた。

栄次郎は十兵衛の姿がないのに気づいた。いつの間にか、引き揚げていた。『奈良家』の主人が小走りにやって来た。

「ホトケを見てくれ」

磯平が亡骸にかけていた莚をめくった。

うっと、呻いてから、

「お咲……」

と、主人は声を漏らした。

不幸が的中し、栄次郎は胸が痛んだ。

もっと早く見つけてやれれば、助けられたのだ。だが、川の水に長い時間浸かっていたせいか、死んだのがいつかわからないが、少なくとも死んで数日は経っているようだ。

早い段階で、お咲は殺されていたのだ。

「親分。刃桜組だ。不良旗本だ」

栄次郎は吐き捨てる。

「刃桜組ですって」

磯平は顔をしかめた。

「どうしました、親分。刃桜組を調べるのです」

「矢内さま。相手は旗本ですぜ。よほどの証拠がないとだめです」

磯平は気弱そうに言う。

「一応、事情をきくだけでも」

「疑いをかけられたといって大騒ぎをする連中です。へたに刺激すると、あとあと面倒なんです。しっかりとした証拠を揃えてでないと」

「そうですか」

　ふと、思い出したことがあった。

「崎田孫兵衛さまから聞いたのですが、両国橋に若い女の死体が浮かび、やはり袈裟懸けに斬られていたということでしたね」

「ええ」

「神田明神境内にある水茶屋で働いていた女だそうですね。お咲のときと似ています。その水茶屋にも刃桜組の連中が出入りをしていたのではありませんか」

「ええ、出入りをしていました」

「やはり」

「でも、奴らだという証拠はないんです。これが相手が武士でなければ強引に取り調べるのですが」

「また、証拠ですか」

　このままでは泣き寝入りだと、栄次郎は憤然とした。

　栄次郎はそこを引き揚げ、天空寺に行った。

物置小屋の前で、十兵衛が薪を割っていた。寺の手伝いらしい。寺男が薪を、別の薪小屋に運んでいる。

薪割りが終わるのを待って、栄次郎は十兵衛に近付いた。

「さっきのホトケは、『奈良家』の女中のお咲でした。袈裟懸けに斬られていました」

十兵衛は目を細めたが、何も言わずに小屋に向かった。

「お待ちください」

栄次郎は呼び止める。

「お咲はこの前の武士に殺されたのです。少しでも関わりのある娘が殺されたんです。十兵衛どのがお咲の亡骸を見つけたことに運命的なものを感じませんか」

しかし、十兵衛から反応はない。悼《いた》みの言葉とか、あってもいいのではないかと、栄次郎は言いたかった。

十兵衛は戸を開けた。

「ぜひ、お話を」

栄次郎は訴える。

「無用だ」

そのまま、十兵衛は小屋に入り、戸を閉めた。

栄次郎は、戸に顔を近付け、

「向田さまのこと、岩井文兵衛さまにお話ししてよろしいですか」

と、訊ねた。

だが、返事はなかった。

「また、参ります。何度でも」

栄次郎はその言葉を投げかけて、物置小屋から離れた。

やりきれない思いを抱えながら、栄次郎は山門を出た。

二

翌日、朝餉のあと、兄の部屋で差し向かいになった。

「兄上、刃桜組をいつまでも野放しにしておくつもりですか」

いつになく、栄次郎は強い口調で、兄に迫った。

「どうした、栄次郎。いつものそなたらしくない」

「なんの罪もない娘が奴らの餌食《えじき》になった末に殺されました」

栄次郎はこれまでの経緯を話した。

「うむ。行方の知れぬ娘のことは新八から聞いていたが、すでに殺されていたのか」

兄は暗い表情になった。

「まさか、そこまでするとは思いませんでした。もっと早く、奴らに迫っていたらと悔いが残ります」

栄次郎はやりきれないように言う。

「あの連中の父親はみな立派な方だ」

「そうでしょうか。自分の子の行状を理解していない親のどこが立派なのでしょうか」

「うむ……」

兄は返答に窮したのか、唸っただけだ。

「神田明神の水茶屋の娘も袈裟懸けに斬られて川に浮かんでいました。これも、奴らの仕業です。このままでは、また新たな犠牲者が出ないとも限りません」

兄は腕組みをして目を閉じた。

「兄上。どうして、こんな連中を放っておくのですか」

兄は目を開け、腕組みを解いた。

「栄次郎。じつは、今の御目付の奥方は内藤さまの親族なのだ」

「親族？」

「うむ。そういうわけで、組頭どのも慎重なのだ。よほど言い逃れ出来ぬ証がないと、探索に乗り出すことは難しい」

「なれど、町での狼藉三昧《ろうぜきざんまい》」

「それも、若気の至りで、羽目を外しすぎただけのこと。厳重に注意をしていく。そういうことで終わりだ」

「兄上。それでよいのですか」

「よくはない。だが、迂闊《うかつ》に手出しは出来ぬ。わしが動けば組頭どのに迷惑がかかる。肝心の組頭どのがその気になってくれなければ何も出来ぬ」

「呆れました」

「栄次郎、急ぐな。必ず、奴らのしっぽをつかむ」

「よく、わかりました」

栄次郎は憤然と立ち上がった。

「栄次郎。無茶をするな」

「失礼します」

栄次郎は部屋を出た。

栄次郎は本郷の屋敷から明神下の新八の長屋に行った。

新八は起きたばかりのようで、ふとんを片づけていた。

「ゆうべ、遅かったのですか」

「ええ。それより、お咲が殺されて見つかったそうですね」

「助けることが出来なかったことが無念です」

腰から刀を外し、栄次郎は上がり框《かまち》に腰を下ろし、

「何日か前に、神田明神境内にある水茶屋の娘が袈裟懸けに斬られて大川の両国橋付近に流れ着いたそうです。これにも刃桜組の連中が関わっているようですが、その証がなく、探索も行き詰まりのようです」

「なんて奴らだ」

新八は不快そうに顔を歪めた。

「奉行所も目付も頼りになりません」

栄次郎は兄から聞いた話をした。

「そうですかえ。やっぱり証拠ですかえ。ちくしょう」

新八はいまいましげに吐き捨ててから、

「ゆうべ、本所の御家人の屋敷に忍び込みました。お咲が捕らえられていた形跡はありませんでした。お咲が連れ込まれたのは武家屋敷ではないようです」

と、屋敷には捕らえておくような部屋はなかったと言う。

「すると……」

栄次郎ははたと気づいた。

「金貸し金右衛門のところにお咲は行き、そこからどこかに向かった。もしかしたら、金右衛門はどこかに寮を持っているんじゃないでしょうか」

「考えられますね」

「お咲は駒形堂近くに流れて来ました。上流の今戸《いまど》か橋場《はしば》辺りで川に放り込まれたのかもしれません」

「今戸か橋場に金右衛門の寮があるか調べてみます」

「お願いします。それから、内藤恭三郎たちのきょうの動きを探っていただけませんか。一度、会っておきたいのです」

「わかりました。わかり次第、お秋さんのところにお知らせにあがります」

「頼みます」

栄次郎は立ち上がった。

その後、栄次郎は師匠の家に行き、稽古をつけてもらったが、集中力を欠き、師匠に何度も注意された。

お秋の家でも三味線の稽古に身が入らず、お咲の無念さが我が身のように胸を痛めつけた。

夕方になって、新八がやって来た。

「今、刃桜組の連中が『奈良家』に入って行きました」

「よし」

栄次郎は刀を摑んで、階下に行く。

「あら、栄次郎さん。お帰り？」

「ええ、急用が出来ました」

そう言い、栄次郎は新八といっしょにお秋の家を出た。『奈良家』まで目と鼻の先だ。栄次郎が『奈良家』の前にやって来ると、中から三人の武士が出て来た。

真ん中にいるがっしりした体格の侍が内藤恭三郎のようだ。あとのふたりが、坂部稲次郎と吉池房次郎であろう。

「内藤どのですな」

栄次郎は三人の前に立った。

「なんだ、おまえは？」

横にいた大柄な男が凄んだ。

「あなたは、いつぞや刀を振りまわしていた御仁ですな。そして、翌日に浪人を使って十兵衛どのを襲った……」

「無礼者。なに、たわけたことを申す」

内藤恭三郎が口許を歪ませた。

「こちらの御仁にきいています」

栄次郎は大柄な侍に目を向けた。

「ふざけるな。言いがかりをしおって」

「失礼ですが、あなたさまは？」

「まず自分から名乗れ」

「失礼しました。矢内栄次郎と申します」

「矢内栄之進の弟だな」

内藤恭三郎が言う。やはり、こちらのことを調べているようだ。

「さようでございます。して、お名前は？」

改めて、大柄な侍にきく。

「俺は坂部稲次郎だ」

「では、こちらが吉池房次郎どの」

栄次郎は長身の侍を見て言う。

「きょうは、お咲さんのことでやって来たのですか」

「おぬし、何を言っている？」

内藤恭三郎が冷笑を浮かべた。

「ここの主人によけいなことを喋るなと脅しに来たのでは？　お咲さんを殺したのはどなたですか」

「聞き捨てにならぬことを」

吉池房次郎が刀の柄《つか》に手をかけた。

「待て」

内藤恭三郎が止め、

「ここでは客の迷惑になる。場所を変えよう」

と言い、大川のほうに足を向けた。

栄次郎はついて行く。辺りは薄暗くなってきた。

駒形堂の境内に入った。

「矢内栄次郎。どうやら、我らに喧嘩を売ろうとしているようだが、己の立場を考えているのか」

恭三郎が立ち止まって振り返ってきく。

「私にあるのはただ悪を許さないという思いだけ」

「我らが悪だと言うのか」

恭三郎は片頬を歪め、

「そなたの兄は御徒目付だそうだな。そんな兄の顔に泥を塗るような真似をしてあとで後悔してもはじまらぬぞ」

「また、脅しですか」

「脅しではない。そなたのためを思って言っている」

「私もあなたたちのためを思って言いましょう。お咲殺しを素直に認め、素直に裁きをお受けなさい」

「おぬしはやはり俺たちを怒らせようとしているな」

恭三郎が顔を歪めた。

「ほんとうのことを言っているだけ」

「そうか。売られた喧嘩は買わざるを得まい」

恭三郎が鋭い目を他のふたりに向けた。その刹那、長身の男が抜き打ちに襲ってきた。栄次郎は抜刀して相手の剣を弾く。

「その刀か、お咲さんの袈裟懸けにしたのは？　それとも、こちらの御方か」

「なるほど。刀を抜かせ、ひとを斬った痕跡をみようとしたのか」

恭三郎はほくそ笑み、

「ならば、俺の刀をみてもらおうか」

と言い、静かに抜刀した。

「矢内栄次郎、覚悟をするのだな。内藤さまは江戸で一番といわれる大園道場で師範代を務める剣客ぞ」

吉池房次郎が叫ぶ。

「なに、大園道場？」

「そうだ。びびったか」

「矢内栄次郎。そなたの望みどおり、受けて立とう」

恭三郎は正眼に構えた。

栄次郎は刀を鞘に収め、やや左足を前に出し、刀の鯉口を切る。

「居合か」

恭三郎が微かに左に移動した。

栄次郎は自然体で立っている。恭三郎が間合いを詰めた。栄次郎は動かない。そのまま時間が流れた。

（出来る）

栄次郎は唸った。

気がつくと、さらに間合いが詰まっている。恭三郎が裂帛《れつぱく》の気合とともに斬りかかった。栄次郎は腰を落とし、剣を抜いた。

剣と剣がぶつかり火花を散らした。体の位置が入れ代わった。栄次郎は刀を鞘に収め、再び自然体で立つ。

今度は長い睨み合いが続いた。風が枯れ枝を震わせた。行き詰まる緊張感に包まれ、見守る三人から声が出ない。

さらに時間が経過した。そのとき、両者の間に枝が投げ込まれた。

「何奴」

恭三郎が声を張り上げた。

栄次郎も枝が飛んできたほうの暗がりに目をやった。

ゆっくり、人影が現れる。常夜灯の明かりが男の顔を浮かび上がらせた。

「十兵衛どの」

栄次郎は声を出した。

「それ以上は無益だ」

「そなた、いつぞやの?」

恭三郎が十兵衛に顔を向けた。

「そなたは何者なのだ?」

「名乗るような者ではない。引き揚げられよ」

しばらく、恭三郎は十兵衛を睨みつけていたが、いきなり刀を鞘に納め、その場から立ち去った。ふたりの侍があわてて追いかける。

「十兵衛どの。今の連中がお咲さんを殺したのです」

栄次郎は訴えるように言う。

「不憫《ふびん》なことだ」

十兵衛はひと言呟き、境内を出て行った。

「いつからいたのでしょうか」

栄次郎は新八にきいた。

「まったく気づきませんでした。いったい、何者なんですか」

「小野川十兵衛どのです。若い頃から相当な剣客だったそうです。いや、今も」

栄次郎は十兵衛に底知れぬ強さを見ている。

「栄次郎さん。これから、奴ら、栄次郎さんを狙ってくるに違いありませんぜ」

「もとより、望むところです。だが、内藤恭三郎が大園道場の門弟とは……」

大園主善こそ、十兵衛の宿敵五十嵐大五郎なのだ。

それより、大園主善は門弟が町で乱暴狼藉を働いていることを知っているのか。知っていて、知らんぷりをしているのか。

岩井文兵衛が栄次郎に引き合わせようとしているのが、大園主善の娘だ。娘の綾乃に会う前に、大園主善に会わねばならないと思った。

三

翌日の昼下がり、栄次郎は小石川《こいしかわ》にある寺の離れの一室で、文兵衛と会った。

今朝、至急に会いたいという文を使いの者に持たせた。文兵衛から昼過ぎに会おうという返事があった。

「急のお呼びだてで申し訳ありません」

栄次郎は頭を下げた。

「なに。どうせ、隠居の身。いつでも構わぬ」

文兵衛は鷹揚《おうよう》に言う。

「恐れ入ります」

「聞こうか」

文兵衛は鋭く見据えた。

「はっ。御前は刃桜組と名乗る旗本の子弟の一味をご存じでしょうか」

「いや。聞いたことはない」

「この連中は町中で傍若無人《ぼうじやくぶじん》に振る舞っております。先日もこんなことがありました」

そう前置きして、お咲の件を話した。

「行方の知れなかったお咲は袈裟懸けに斬られ、大川に投げ込まれました。斬ったのは刃桜組の者に間違いありません。ですが、証拠はなく、追及は出来ません」

栄次郎はさらに続ける。

「同じ頃、神田明神境内にある水茶屋の娘が袈裟懸けに斬られ、同じように大川に浮かんでおり、これにも刃桜組の連中が関わっていると思われます。ですが、こちらも証拠はありません」

「うむ」

文兵衛は難しい顔で頷く。

「奉行所は相手が旗本ではしかとした証拠がなくては手も出せず、御徒目付も及び腰です。というのも、一味のひとりの父親の親族に御目付がいるとのこと」

文兵衛の目が鈍く光った。

「このままではさらなる犠牲者が出ましょう。奉行所も御徒目付も頼りにならなければ、私が奴らと闘う。そういう気持ちでおります」

「そなたの気性ならそうであろう」

文兵衛は厳しい顔で頷く。

「そこで、刃桜組の顔ぶれですが、いずれも旗本の子弟、部屋住の連中です。中心にいるのが、内藤恭三郎、坂部稲次郎、吉池房次郎で、他に下級旗本の倅や御家人の倅などがいるようです。で、内藤恭三郎は西丸小納戸頭取内藤恭右衛門どのの次男だそうです」

「…………」

「御前。じつは、内藤恭三郎は大園道場の師範代を務めているそうです」

「なに、大園道場の？」

「はい。一度、立ち合いましたが、やはり、かなりの腕前」

文兵衛は表情を曇らせた。

「私が闘おうとしている相手は大園道場の師範代なのです。大園主善どのは、内藤恭三郎らの振る舞いをご存じないなら、ぜひ知らせたいと思うのです」

「大園道場にはたくさんの門弟がいる。中には、たちのよくない者もいよう。しかし、それが師範代となれば問題だ」

文兵衛は顔をしかめた。

「わかった。大園どのに話しておこう」

「わかりました。よろしくお願いいたします」

栄次郎は頭を下げてから、

「それからもうひとつ、お話が」

と、続けた。

「浅草黒船町に天空寺という小さな寺があります。そこの物置小屋に一年ほど前から老侍が住み着いております」

「老侍？」

文兵衛は怪訝《けげん》そうな顔をした。

「はい。小野川十兵衛と名乗っております。近所の子どもたちに学問と剣術を教えて生計を立てているようですが、その暮らしぶりはいたってつつましやか」

「…………」

「はじめて見かけたのは、小野川十兵衛が大川で釣りをしているときでした。次に見かけたのが、刃桜組の侍が刀を振りまわし、お咲を……」

栄次郎はそのときの状況を話し、

「十兵衛どのはただ突っ立っていただけなのに、相手の武士は斬り込んでいけませんでした。十兵衛どのの見えない気迫に圧倒されたのです」

「小野川十兵衛……、まさか」

文兵衛は気づいたようだ。

「右手二の腕に花びらのような痣がありました」

「向田市十郎か」

「はい。そうです」

「そうか、向田市十郎は生きていたか」

文兵衛は感慨深げに言う。

「はい。ですが、打ち解けてもらえませぬ。まるで、人間を排除しているような雰囲気でございます」

「あの者ならそうかもしれない。剣のみに生きてきたのだろう。人間を信用しない。頼るは剣のみ。そういう男だ」

文兵衛は小さく頷いた。

「どうなさいますか。お会いに？」

「いや、よそう。しいては会いに行かぬ。なりゆきに任せよう」

「わかりました。大園主善さまにはいかがいたしましょうか」

「内密にしよう。今のふたりの境遇の差はあまりにも大きいようだ。過去の因縁を今さら持ち出しても意味あるまい。それに、大園道場の主が昔の五十嵐大五郎とは、向田市十郎も思うまい。そっとしておこう」

「わかりました」

「では、明日の昼下がり、またここで会おう。大園主善どのを招いておく」

「わかりました。では、私はお先に」

栄次郎は離れを出て、境内を突っ切り、山門に向かった。

その足で、湯島切通し坂を下り、浅草阿部川町にやって来た。

長屋に入って行くと、長屋の住人が路地に出てていてなにやら騒がしい。お咲の弔いは済んだはずだ。

「どうかしたのですか」

栄次郎は年寄りに声をかけた。

「留吉《とめきち》が首をくくった」

「留吉？」

「お咲の父親だ」

「なんですって」

栄次郎は胸を激しく叩かれたような衝撃を受けた。

「お咲が死んで、生きる希望を失ったんだ。自分も患っていたがな」

年寄りはやりきれないように言った。

改めて、刃桜組の連中に怒りを覚えた。必ず、尻尾を掴み、責任をとらせる。栄次郎は亡きお咲の父親にも誓った。

沈んだ気持ちで、お秋の家に行くと、土間の隅に新八がいた。

「すみません。待たせてもらいました」

「いえ、ちょっと遅くなりました。外に出ましょうか」

「ええ」

栄次郎は新八と外に出て、大川のほうに向かった。

「新八さん。お咲の父親がくびをくくったそうです」

「そうですかえ」

新八は悄然と言い、

「じつはあっしは心配していたんです。ひとり娘に先立たれたんじゃ生きて行く気力もなくなるんじゃないかって」

「あの連中が殺したも同然です」

「そのことです」

新八は川っぷちで立ち止まり、

「橋場に、金右衛門の別宅を見つけました」

と、口にした。

「見つかりましたか」

「近所できくと、数人の武士が出入りをしていたようです。女が連れ込まれるように入って行くのを見た者もいました」

「やはり、お咲はそこに閉じ込められていたのでしょう。そして、意のままにならないので、かっとなって殺した……」

想像するだに、胸の辺りが痛くなる。

「ただ、残念ながら、証拠がありません。近所の者は女の顔を見ていません。お咲が連れ込まれたという証拠はありません」

新八はいまいましげに言う。

「当然、奴らも証拠となるものは残していないでしょう。でも、連れ込まれたかもしれない場所がわかっただけでも有益です。また、別の娘を連れ込むかもしれません。そのときこそ、動かぬ証拠を摑む好機です」

栄次郎は暗がりに燭光を見つけた思いで、

「新八さん。時間の許す限り、内藤恭三郎に張りついていていただけますか」

「もちろんです。きっと悪事の現場を見届けてやります」

足元で波が押し寄せる音がした。

きょうは、十兵衛は釣りをしていなかった。

翌日の昼下がり、小石川の寺の離れで、文兵衛が五十半ばと思える武士と向き合っていた。大園主善に違いない。特に威圧感があるわけではないが、風格は滲み出ている。

「遅くなりました」

栄次郎はふたりの前で低頭する。

「いや、我らが早く来ていたのだ」

文兵衛が言い、

「こちらが大園主善どのだ」

と、引き合わせた。

「はじめてお目にかかります。矢内栄次郎でございます」

「そなたのことは岩井どのからいろいろ聞いておりました。いや、思った以上の器量人とお見受けした」

「いえ、買いかぶりでございます」

大園主善は文兵衛が言うように、気配りのひとのようだ。

「娘の綾乃が栄次郎どのの三味線を傍で聞きたいと申しております。一度、願いを聞いてくださらぬか」

「畏《かしこ》まりました」

「かたじけない」

「主善どのは綾乃どのには甘いからの」

「なにしろ、晩年に出来た子でな。どうしても、甘くなってしまう」

綾乃は後添《のちぞ》いの子らしい。

「ところで」

主善が厳しい顔になった。

「今、岩井どのから内藤恭三郎のことを聞いた」

「差し出がましいことをして申し訳ありません」

「いや。教えていただかねば、わからなかったこと。内藤恭三郎は父親の恭右衛門どのから頼まれ、子どもの頃から我が道場で修行してきた。天才的な剣士だ。二十歳を過ぎた頃には道場で敵《かな》う者がいなくなったほどだ。若くして師範代となった」

主善は深くため息をついた。

「そのことで慢心があったのかもしれない。道場でも厳しい稽古をするが、ふしだらな男とは思えない。いや、栄次郎どのの言葉を疑うわけではないが、私にはあの者がそのような非道な真似をするとはどうしても信じられぬのだ」

「…………」

「調べてみるが、まず証拠を示していただけると助かるのだが」

大園主善の口からも証拠という言葉が出た。

誰にも気配りをする主善らしい言い方かもしれないが、栄次郎は落胆した。

「坂部稲次郎と吉池房次郎のふたりも門弟でいらっしゃいますか」

「さよう。ふたりとも門弟です。確かに、このふたりはいつも内藤恭三郎といっしょにおります。しかし、悪さをしているとは信じられない」

「そのような人間ではないということですか」

「さよう。ただ、私の前では顔を作っているということも考えられる。だが、私の目から見れば、非は感じられず、強く問いつめることは出来ぬ。なれど、栄次郎どのの忠告、捨ててはおかぬ。どうか、私を信じてしばらくの猶予をいただきたい」

大園主善に頭を下げられては、栄次郎は強く出られない。

「わかりました。ぜひ、お調べください。特に、二度と非道なことがなされないことが肝心でございます。どうか、その点も目を光らせていただければと思います」

「承知した。必ずや、栄次郎どのの満足行くようにいたす」

「よろしくお願いいたします」

「栄次郎どの。得心したかな」

　文兵衛が声をかけた。

「主善さまにお任せいたします」

　落胆したとは言えず、栄次郎は当たり障りのないように言った。

　栄次郎は先に引き揚げた。

　離れを出て、山門に向かいながら、栄次郎は気持ちが沈んだ。もっと何か手応えのある言葉を期待したのだ。

　だが、考えてみれば、たとえ、薄々何かに気づいていたとしても、師が自分の弟子の非道を暴くようなことをするはずがない。

　文兵衛の知り合いということで期待をしたが、裏切られたかもしれない。

　栄次郎は八方塞がりを感じた。奉行所も御徒目付も、そして師の大園主善も当てにならない。

　このままではお咲は泣き寝入りだ。

（許せぬ）

　栄次郎は心の内で叫んだ。

　だが、栄次郎にも何をしていいのか、その手立てはなかった。

四

うつうつとした日々が過ぎた。

もはや、新しい事件を起こさない限り、刃桜組の非道を裁くことは出来ないのだ。だが、新八の知らせでは、用心をしているのか、内藤恭三郎たちは派手な動きを見せていない。三味線を弾いている間にも、ふいに大川に浮かんでいたお咲の姿が蘇る。胸が引き裂かれそうになって。三味線を置いて窓辺に立つ。

きょうは雨雲が広がり、今にも降りだしそうな空模様だ。ときおり、突風が吹き、大川の波も高い。

渡し船も動いていないようだ。まだ、昼間なのに夕方のように薄暗く、陰気だ。

栄次郎はやりきれなかった。ふと脳裏にひとりの男の顔が浮かんだ。小野川十兵衛だ。

まさか、こんな日は釣り糸は垂れていまい。思い出すと急に会いたくなった。会いに行ったところで、冷たく追い払われるだけだ。

わかっていても、心が十兵衛を求めていた。栄次郎は三味線を片づけて、梯子段を下りた。

「栄次郎さん、お出かけ？」

　お秋が出てきた。

「ええ。ちょっと。夕方までには戻ってきます」

「今夜は旦那が来るの。栄次郎さんに話があるって言ってました。必ず、帰って来てくださいな」

「わかりました」

　栄次郎はお秋の家を出て、天空寺に向かった。

　山門をくぐり、境内を突き抜け、本堂裏手の物置小屋に行く。

　戸の前に立ち、

「十兵衛さま」

　と声をかけ、栄次郎は戸を開けた。

　薄縁の上に正座をし、十兵衛は瞑目していた。座禅を組んでいるのだ。開いた戸の隙間から強い風が吹き込んでも、十兵衛はびくともしなかった。

　栄次郎は戸を閉めた。そして、少し離れたところに座り、十兵衛の座禅の終わるのを待った。

中には何もない。奥の壁に刀と木剣があった。着替えの着物が一枚下がっている。薄着だ。

まるで、修行僧か仙人のような暮しは室内を見てもわかる。いったい、十兵衛はどんな人生を歩んで来たのか。

いつからはじめたのかわからないが、十兵衛が目を開けたのは半刻（一時間）後だった。傍に、栄次郎がいても、十兵衛の表情に変化はなかった。

「突然、押しかけて申し訳ありません」

栄次郎は声をかける。しかし、返事はない。

十兵衛は文机に向かい、絵を描きだした。

「お咲の弔いの直後、お咲の父親は首をくくりました」

栄次郎は勝手に喋りだす。

「しかし、あの者たちは平然としています。奉行所も御徒目付も手が出せません」

聞こえていないのではないかと思うほど、十兵衛は絵を描き続けていた。

「最後の手段に、あの者たちの剣術の師である大園主善さまを頼みました。しかし、結果は同じでした。主善さまは自分の弟子をかばっておいでです。万策尽きました」

栄次郎は弱音を吐いた。

相変わらず、十兵衛からの反応はない。

「大園主善さまの若い頃の名前をご存じですか」

栄次郎は思い切って口にした。

「五十嵐大五郎です。向田市十郎さまと闘って引き分けた御方です。旗本の大園家に養子に入り、男の子を設け、妻女が病死したあと、若い後添いをもらい、娘が生れました」

十兵衛はもくもくと筆を動かしている。

「今から十年前、長男に家督を譲り、ご自分は神田三河町に道場を開きました。今や、江戸で一番の道場になっています」

栄次郎は不思議だった。壮絶な闘いの末に引き分けた相手に対して、なんの感情も抱かないのだろうか。

十兵衛ははたして妻帯したことがあるのだろうか。仕官した大名家をやめたあと、どんな生き方をしてきたのか。

またも十兵衛の来《こ》し方に思いを馳せた。大園主善とまったく正反対の生きざまだ。はたして十兵衛が自ら望んだものだったのか、それとも意のままにならない生き方をしてきたのか知りたかった。

「向田市十郎さま」

栄次郎は昔の名前で呼びかけた。

反応はなかった。なぜ、応えてくれないのですか。そう問おうとしたが、声を呑んだ。無駄だと思った。

そろそろお秋の家に帰らねばならない。

栄次郎は深呼吸をしてから、

「お邪魔しました」

と、言って立ち上がった。

戸を開けると、また強い風が小屋の中に吹きつけた。それでも、十兵衛の筆の動きが乱れることはなかった。


お秋の家に帰ると、すでに崎田孫兵衛は来ていて酒を呑んでいた。

「栄次郎どの。さあ、いっぱいやろう」

孫兵衛は自ら銚子を摑んだ。

「恐れ入ります」

盃を手にして差し出す。

一口呑んでから、

「私にお話があるとか」

と、栄次郎は促した。

「うむ。まあ、おいおい話す」

その言葉に落胆した。ひょっとしたら、刃桜組の一味の悪事を暴くことを聞かせてくれるかと期待したが、どうやら違うようだ。

そういう話なら、すぐにでも話してくれるだろう。

「申し訳ございません。きょうは早く屋敷に戻らないとならないのです。これで、失礼させていただきます」

栄次郎は帰りの挨拶をした。

「なに、もう帰る？」

「はい」

「わしの話はまだだ」

「はい。また、後日でもよろしいかと。私が期待するような話なら先にしていると思いますので」

栄次郎は厭味を言った。

「なんだと思っているのだ？」

「刃桜組の連中に疑いはなかったと言うことではありませんか」

「………」

「そうなのですか」

「そうだ。じつはお咲を殺した下手人を見ていた人間が現れたのだ」

「下手人を？」

「そうだ。吾妻橋の袂で、お咲らしい女に髭面の浪人が絡んでいたそうだ。その侍が殺したと言っている」

「なぜ、今ごろ名乗り出たのですか」

「怖くて言えなかったそうだ」

「誰ですか、見ていたのは？」

「聞いてどうする？」

「会って、ほんとうかどうか確かめます」

「嘘をついていると？」

孫兵衛は不快そうな顔をし、

「ちゃんとした職人だ。刃桜組とは関わりのない男だ」

「どうして、そう言えるのですか」

「疑うのか」

「いえ。念を入れるだけです。教えていただけませんか」

「逆恨みをされるのが怖いと怯えているのだ。名前を知らせるわけにはいかぬ」

「それで、お咲殺しはその正体の知れぬ浪人ということになったのですか」

「そうだ」

「なるほど。これで幕引きを図ったわけですか」

「もうこの話はおしまいだ」

孫兵衛は不快そうに吐き捨てた。

「わかりました。失礼します」

栄次郎は一礼して立ち上がった。

外に出てから、

「ばかな」

と、栄次郎はつい口に出た。

途中で、雨が降ってきた。栄次郎は濡れ鼠になって屋敷に帰った。

翌朝、朝餉のあと、兄に呼ばれた。

「兄上、何か」

兄の部屋の襖を開け、栄次郎は問いかける。

「まあ、座れ」

「はい」

栄次郎は兄の前に腰を下ろした。

「例の刃桜組の三人について調べた」

兄が厳しい顔で口を開いた。

「内藤恭三郎はかなり女癖が悪く、奉公の女中に手を出したり、人妻にも横恋慕をしたり、その横暴さは周囲の顰蹙《ひんしゅく》を買っている。だが、父親の威光で周囲は何も言えないらしい」

「人殺しまでしています」

「栄次郎。組頭さまに相談した。そして、秘かに調べることになった」

「ほんとうですか」

「ああ。そなたに強く責められてから気になって組頭さまに話を持っていったのだ。そしたら、組頭さまの耳にも噂は入っていた。だが、御目付に相談するわけにはいかず、気に病んでいたところだったそうだ」

「そうですか。兄上が動いてくださるなら百人力です」

「うむ。しかし、しかとした証拠を摑まねばならぬ。そなたの力を借りたい」

「もちろんです」

「それから新八にも働いてもらわねばならぬ」

「はい」

栄次郎は久々に心が晴れた。兄がこれほど頼もしく思えたことはない。

「勇気が湧いてまいりました。じつは、お咲殺しの下手人を見たという人間が現れたとのこと。でも、かなり疑わしいと思っておりました。さっそく、その者のことを調べてみます」

「うむ。たのむ。だが、御徒目付が動いていることは内密だ。よいな」

「はっ」

栄次郎は頭を下げた。

屋敷を出て、栄次郎は明神下の新八の長屋に行った。

新八はすでに兄の命令を聞いていた。

「きのう栄之進さまからお呼びがかかり、お話をお聞きしました」

「さっそくなんですが、お咲殺しの下手人を見たという人間が奉行所に名乗り出たそうです。その者に不審があります」

なぜ、今になって現れたのか疑問だと、栄次郎は話した。

「崎田さまはその者の名前を教えてくれません。磯平親分なら教えてくれるでしょう。これから、磯平親分に会ってきます」

「わかりました。ごいっしょします」

新八は勢いよく立ち上がった。新八も元気が出てきたようだった。


磯平は同心といっしょに町の巡回をしているはずだ。各町の自身番をまわって、町内で何か事件が起きていないかきいてまわるのだ。

佐久間町《さくまちょう》の自身番からはじめて、磯平と同心を追跡し、神田相生町《あいおいちょう》の自身番から出て来た磯平に出会った。

同心といっしょなので、栄次郎は磯平を目顔で呼んだ。

同心に何か言い、磯平が栄次郎のところにやって来た。

「矢内さま。何か」

「あっちへ」

人気《ひとけ》のない稲荷の祠《ほこら》の前で立ち止まる。

「親分。お咲殺しの下手人を見たという人間が名乗り出たそうですね」

「へえ、びっくりしました。その浪人の仕業ということで、そっちの探索をしています」

「妙だとは思いませんか」

「ええ。ですが、ちゃんとした人間なんで、信用出来るかと」

「崎田さまはその者の名前を教えてくれません。仕返しが怖いからということですが、変だとは思いませんか」

「矢内さまは疑いを？」

「ええ。何か裏があると思っています。親分、その者を調べてみたいんです。名前を教えていただけませんか」

「ですが」

磯平は渋った。

「口止めされているんですね」

「いえ、それは、その者への仕返しがあるといけないので」

「仕返しを恐れるほど、浪人の具体的なことがわかっているのですか。名前とか住まいとかをその者は口にしたのでしょうか」

「いえ」

「では、仕返しを恐れるほどのことを話していませんね。それなのに、なぜ、奉行所はそこまで気を使うのでしょうか」

「…………」

「親分もこの件に関してはおかしいと思っているのではありませんか」

磯平は唇を嚙んだ。

「親分。その者の名前を教えてください。私が調べます」

「しかし」

「奉行所は刃桜組との関わりを避けたいために、強引に幕引きを図っているのではありませんか」

磯平は言い渋っていたが、

「あっしが喋ったってことは内密にしていただけますか」

と、声をひそめた。

「もちろんです」

「名乗り出たのは花川戸《はなかわど》に住む飾り職人の文平《ぶんぺい》という男です。呑んで帰る途中、お咲が浪人に絡まれているのを見たそうです」

「飾り職人の文平ですね」

「これまで事件を起こしたこともない男です。職人の腕はいいという評判です。刃桜組の連中と関わりは一切《いっさい》ありません。ですから、嘘をつく必要はないんです」

磯平は話すが、言い方に自信はなさそうだった。

「わかりました。親分には迷惑はおかけしません」

「すみません。なんの手助けも出来ずに」

磯平は悔しそうに言う。

「いえ、教えていただいただけでも大助かりです」

「じゃあ、あっしは」

磯平は急ぎ足になって同心のあとを追った。

「飾り職人の文平ですね。さっそく、調べてみます。あとで、お秋さんのところにお知らせにあがります」

磯平を見送って、新八が言う。

「お願いします」

栄次郎は新八と離れ、元鳥越町の師匠の家に寄り、しばらく稽古を休むことを伝えた。師匠は理由をきこうとしなかったが、最近の栄次郎の様子から休むことには反対しなかった。

ただ、少しでもいいから毎日、三味線に触れているようにと注意を受けた。

師匠の家を出てから、ふと思いついて、栄次郎は武家地を通って向柳原《むこうやなぎはら》から佐久間町を過ぎて、神田川を昌平橋《しょうへいばし》で渡った。

栄次郎がやって来たのは三河町にある大園主善の道場だ。

大きな門構で、道場も大きく、さすがに江戸一番の偉容を誇っている。栄次郎は道場の武者窓に向かった。

数人の男が窓から道場を覗いている。

栄次郎も見物人の背後に立った。中では、内藤恭三郎がひとりの門弟に稽古をつけていた。激しい稽古だ。

大園主善の姿は見えない。が、坂部稲次郎、吉池房次郎の顔があった。

視線を感じたのか、内藤恭三郎が顔をこっちに向けた。栄次郎に気づいたのか、じっと武者窓に視線を向けている。

やがて、含み笑いを浮かべ、再び稽古に入った。

栄次郎は離れた。道場の門前を行きすぎようとしたとき、中から十七、八と思える娘が女中とともに出て来た。

目鼻だちが整い、くっきりした目許は勝気そうだが、美しい顔だちを見て、主善の娘の綾乃だとすぐにわかった。

栄次郎と目が合った。栄次郎は軽く会釈をして通りすぎた。背後に視線を感じた。だが、栄次郎は神田川のほうに歩いて行った。


栄次郎は気がつくと、天空寺に来ていた。ちょうど、講義が終わったところで、子どもたちが庫裏《くり》のほうから駆け出してきた。

しばらく待っていると、十兵衛が出てきた。

栄次郎は会釈をする。相変わらず、十兵衛は栄次郎が眼中にないようだった。

それでもめげず、栄次郎は小屋まであとを追う。

「十兵衛どの」

戸に手をかけた十兵衛に声をかける。

しかし、十兵衛は応えることなく、小屋に入って戸を閉めた。

栄次郎はしばらくそこに佇んでから引き揚げた。

お秋の家の二階で三味線を弾いていると、新八がやって来た。

「何かわかりましたか」

向かいに座った新八にきく。

「文平は、三十半ばの独り身です。周辺の仏具屋や小間物屋から注文をもらって襖の把手《とって》や簪などに飾りつけをしています。評判が悪くありません」

「刃桜組の連中との繋がりは？」

「なさそうです」

「そうですか」

「小間物屋を装って訪ね、世間話をしてきましたが、特に変わったところはありません。ふつうの人間です」

「酒とか博打は？」

「そこそこです。近所できいても、大酒呑みでもなければ、博打もそんなに好きではないということです。今夜、文平の動きを調べてみますが」

「だとすると女ですね」

「女ですかえ」

「ええ。文平には、つけ入られる何かがあるんじゃないでしょうか。そのことを条件に、あのようなことを訴え出た。そう睨んでいるのですが」

「栄次郎さんは何か気になることが？」

「金貸し金右衛門です。文平が金右衛門から金を借りているとしたら」

「つまり、金右衛門に頼まれたってことですね」

「ええ。金右衛門はあの連中と親しいようですからね」

「わかりました。その辺りも含めて調べてみます」

新八はあわただしく出て行った。


その夜、栄次郎は夕餉を馳走になり、五つ（午後八時）にお秋の家を出た。

月が雲間に隠れると、急に辺りは暗くなる。湯島の切通しに差しかかったとき、前方に黒い影が現れた。

栄次郎は立ち止まった。目の前にふたり、背後にふたり。黒い布で面体《めんてい》を覆った侍だ。殺気がみなぎっている。

「私を矢内栄次郎と知ってのことか」

栄次郎は刀の鯉口を切る。

「刃桜組の方々か」

相手は無言だ。いきなり、背後から斬りかかってきた。栄次郎は振り向きざまに抜刀し、相手の剣を弾いた。

「この前の浪人とは違うようだな」

先日、十兵衛を襲おうとしたのは浪人だった。おそらく、金で雇ったのであろう。

だが、きょうの賊は武士だ。

刃桜組の連中に違いない。だが、この四人の中には内藤恭三郎、坂部稲次郎、吉池房次郎の三人はいないようだ。

「そなたたちは本所の者だな」

本所の不良御家人どもだと推察した。

激しい気合とともに、前方の賊が襲ってきた。栄次郎は踏み込み、相手の剣を鎬《しのぎ》で受けとめ、

「大園道場の者か。大園主善どのの名を辱《はずかし》める気か」

と、叱りつけるように言う。

「ほざくな」

相手はぐっと力を込めて押し込んだ。

「えい」

と、栄次郎は押し返しながら剣を引く。

相手は前のめりになった。その背中に峰を返して打ちつける。

うめき声を上げて、賊はそのまま前に倒れた。横合いから斬りつけた賊の二の腕を、身を翻して斬る。

賊は刀を落とした。

残りのふたりは剣を構えたまま佇んでいる。

「このふたりに早く手当をしてやるのだ。手遅れになると、二度と刀を持てなくなる」

「おのれ」

ひとりが斬り込んできた。

栄次郎は相手の剣を弾き、手首を峰で打ちつけた。賊は手首を押さえてのたうちまわった。

残ったひとりに、

「まだ、やるか」

と、剣を突き付ける。

相手は後退《あとじさ》った。もはや、戦意を喪失していることは明らかだった。そのとき、柳の木の影に大柄な武士がいることに気づいた。

「坂部稲次郎どのですね。あなた方の悪事はいずれ白日《はくじつ》の下《もと》に晒《さら》される。その前に、罪を悔い改めるように内藤恭三郎どのにお伝えしてくだされ」

そう言い、栄次郎は刀を鞘に納め、ゆっくりと本郷に向かって歩きだす。背中に強い視線を浴びたが、二度と襲ってくることはなかった。

五

翌日の夕方、栄次郎は新八とともに花川戸に来ていた。

八百屋の脇の路地から斜め向かいにある長屋木戸に目をやっている。

暮六つ（午後六時）の鐘がなりはじめたとき、

「出て来ました」

と、新八が言った。

木戸から出て来たのは中肉中背の暗い感じの男だ。飾り職人の文平だ。

「なんだかこざっぱりした着物を着ていますね」

栄次郎はどこかに出かけるのだと思った。

文平は今戸のほうに向かう。前方に一膳飯屋の提灯が見える。

「きのうはあの店に入りました」

新八が言う。きのうは一膳飯屋に半刻（一時間）ほどいて、そのまま長屋に戻ったという。

おやっと、新八が声を上げた。

文平は一膳飯屋の前を素通りした。

「きょうは別のところですぜ」

新八は微かに期待したように言う。女のところに向かうのかもしれないと、栄次郎も思った。

文平は山之宿《やまのしゅく》町から聖天《しょうでん》町に入って行く。そこに気に入った女のいる料理屋でもあるのか。

そう思いながらあとをつける。だが、そのまま山谷堀のほうに向かう。栄次郎もおやっと思った。

西方寺《さいほうじ》の前を過ぎたとき、新八が叫ぶように言う。

「吉原《よしわら》じゃないですか」

「ええ、吉原のようですね」

栄次郎もそうに違いないと思った。

吉原には大籬《おおまがき》という大見世《おおみせ》から河岸見世《かしみせ》という安女郎のいる見世がある。一介の職人でも吉原に行くことは不自然ではない。

文平は日本堤《にほんづつみ》に出て土手を吉原に向かった。暗がりに、吉原に向かう男の姿がちらほら見える。

吉原までの土手八丁を行き、見返り柳を見て衣紋坂《えもんざか》を下った。文平の足取りは軽い。衣紋坂にはたくさんの男が大門《おおもん》に向かい、駕籠が追い越して行く。

文平は大門を入った。おそらく、羅生門河岸《らしょうもんがし》に向かうのだろうと思いながら、栄次郎と新八も大門をくぐる。

ここから水道尻《すいどうじり》までまっすぐ仲《なか》の町《ちょう》の通りが延びて、左右に茶屋が並んでいる。この仲の町通りの右側が江戸町《えどちょう》一丁目で、大見世と中見世が多い。金持ちでなければなかなか遊べない。

文平は仲の町の通りをまっすぐ進んだので、新八があれっと声を出した。羅生門河岸に行くなら左に曲がらなければならない。

「どこへ行くのでしょうか」

新八が不思議そうにきいた。

「やっぱり、文平は金があるんですよ」

文平の行き先はちゃんとした遊廓ではないか。文平はひとの間を縫って、まっすぐ歩き、突き当たりの水道尻の近くにある京町《きょうまち》二丁目に入った。

そして、『月花楼《げっかろう》』という遊廓の暖簾を手慣れた感じでくぐった。はじめてとは思えない。

「驚きました。文平はここで遊んでいるんですね」

新八が信じられないように言い、

「職人の手間賃だけでは無理ですぜ」

と、口許を歪めた。

「読めてきました」

「どうしますかえ」

「明日、問いつめましょう」

「そうですね。でも、あっしは文平が出て来るのを待って声をかけてみますよ」

「そうですね。そうしていただけますか」

「へい」

新八にあとを任せて、栄次郎は先に引き揚げた。

翌日の昼前、栄次郎は新八とともに花川戸にやって来て、文平の住む長屋木戸を入った。昼飯を食いに帰って来たらしい大工がいた。

栄次郎は簪と笄《こうがい》の絵が描いてある腰高障子の前に立った。

戸を開け、

「ごめん」

と、栄次郎は戸を開けた。

文平は鑿《のみ》を置いて、顔を上げた。

「失礼します」

栄次郎は土間に入る。

「今、お話をよろしいですか」

「へえ。なんでしょう?」

「じつは、文平さんはお咲さんを殺した下手人を見たとお聞きしました。そのことで、お話をお聞かせ願いたいと思いまして」

文平の顔色が変わった。

「そんなこと話す謂《いわ》れはねえ」

「私はお咲さんの知り合いでしてね。どうしても仇《かたき》をとりたいんですよ。教えていただけませんか」

「奉行所からよけいなことを喋るなと言われているんだ。だから、話せねえよ」

「話せないのは、偽りだからではないのですか」

「なんだと。やい、変な言いがかりはよしてくんな」

「ほう。ずいぶん向きになるな」

栄次郎は皮肉そうに言う。

「お侍さんがいい加減なことを言うからよ」

「では、ほんとうに下手人を見たのですね」

「そうよ」

「ところで、あなたは吉原で遊んでいるようですね」

「それがどうした？　男なら遊んでも不思議じゃねえ」

「確かに。でも、『月花楼』はかなり高いんじゃないんですか」

「な、なに」

文平はあわてた。

「お侍さん。帰ってくれませんかえ。そんな与太話につきあっちゃいられないんですよ」

「文平さん。あなたは誰かからお金をもらって、下手人を見たと言い出したんじゃないですかえ」

「冗談じゃねえ」

「その金で『月花楼』に行っているんじゃないですか。それとも、仕事の手間賃はそんなにもらえるのですか」

「帰れ」

文平が立ち上がって怒鳴った。

「ごめんなさいよ」

戸が開いて、新八が入って来た。顔を出す時機を見計らっていたのだ。

「文平さん、どうも、ゆうべは」

「誰でえ?」

「新八って言います。ほら、ゆうべ、『月花楼』から出て来た文平さんと顔を会わせたじゃありませんか」

「あっ、おめえは」

文平が狼狽《ろうばい》した。

「文平さん。やはり、『月花楼』に行っているんですね。その金はどうしたのですか」

栄次郎は問いつめる。

「金貸しの金右衛門からもらった。違いますか」

文平は目を見開いた。

「そうなんですね」

「違う」

文平の声は震えを帯びている。

「私では答えてくれそうにもないですね。仕方ありません。新八さん。親分を呼んできていただけますか」

「そうしましょう。下手人を見たと届けた人間が吉原で豪勢に遊んでいると知ったら、八丁堀の旦那も驚くでしょう。では、行ってきます」

「待て。待ってくれ」

文平は叫んだ。

「おまえさん方、何者なんだ？　何が目的なんだ？」

「お咲さんの仇をとりたいんです。真《おお》の下手人を探しているのです。あなたが、嘘を訴え出たために、真の下手人が逃げ果せてしまう。そんなことが許せないのです」

「…………」

「文平さん。噓はいつかばれてしまいます。今のうちなら傷が軽くて済む。正直に言うんです」

文平はしゃがみ込んだ。

「自分の口からは言いづらければ、私から言いましょう。あなたは、金貸しの金右衛門から、下手人を見たと名乗り出たら金を上げると持ちかけられたのですね」

文平は頷いた。

「金右衛門とは知り合いだったのですか」

「金を借りていた。借金を棒引きにした上に十両をくれるって言うから……」

「そうですか。よく話してくれました」

「そんな金で遊んだって楽しくないんじゃありませんかえ」

新八が蔑むように言う。

文平は肩を落とした。

「今なら、そんな大きな罪にはならないはずです。自分から出向いてほんとうのことを話してください」

「訴えないのか」

「自分から名乗り出てください。この前の話は噓だったと。そのほうが罪も軽くなるでしょう」

　文平は大きく息をし、

「わかった」

　と、呟くように言った。

「明日までに奉行所に訴え出ていなかったら、改めてこっちが訴えます。いいですね」

「必ず、行く」

　文平は悄然として言う。

　長屋をあとにしてから、

「本気でしょうか」

　と、新八が心配した。

「信じましょう。もともと悪い人間ではありませんから」

「そうですね」

「ただ、ちゃんと奉行所に訴え出ても、それで奉行所が動くかと言うと期待は出来ません。文平が金右衛門から頼まれたと言っても、金右衛門はとぼけるでしょう」

　借金を踏み倒すために、文平は嘘をついて私を貶《おとし》めようとした。金右衛門はそう言い逃れをしかねない。

「それでも、のちのちのことを考えたら、金右衛門の存在を奉行所に知らせておくことに意味があります」

栄次郎はそう言ってから、

「明日、磯平親分に確かめてみましょう」

「わかりました。じゃあ、あっしはまた内藤恭三郎らの動きを見張ってみます」

新八と別れ、栄次郎はお秋の家に向かった。


その夜、薬研堀の『久もと』で、岩井文兵衛と会った。会いたいという誘いがあったのだ。

酒が入ったあとで、文兵衛が口を開いた。

「近々、大園主善どのが栄次郎どのと一献傾けたいと言っていた」

「さようでございますか」

「主善どのは栄次郎どののことがいたく気に入ったようだ」

「恐れ入ります」

「気に入ったというのは、綾乃どのの婿としてもいいということだ」

「お待ちください。私にはそんな気は……」

「いや、栄次郎どの。案外とこれはいい話かもしれぬ」

文兵衛は真顔になって、

「よいか。天下の大園道場に婿に入り、いずれ道場主になる。稽古は毎日つけずともよいだろう。師範代に任せておけばいいのだ。つまり、時間がとれる」

「ですが」

「まあ、待て」

栄次郎の言葉を手を挙げて制し、

「武家に養子に入るより、はるかに気は楽だ。身を縛るものも少ない。三味線に打ち込めよう。剣と三味線の両方を追い求める栄次郎どのにとってこの上ないことではないか」

と、文兵衛は言い切った。

「御前、お待ちください。私は三味線の道で生きて行きたいのです」

「わかる。だが、母御の意見を振り切って、その道に行けるか。その覚悟はあるのか」

「それは……」

「大園道場に婿に入るならば、そなたの母御も納得しよう。綾乃どのも、そなたの三味線を気に入っている。すべて、うまくいく。そうは思わぬか」

「なれど、私はまだ嫁をもらう気はありませぬ」

「今すぐでなくともよい。いずれ、そうなればよいのだ」

「はあ」

栄次郎はいつにない強引な言い方に不審を持った。

「御前は、なぜ、このことにそれほど熱心なのでしょうか」

「うむ」

文兵衛は盃を持ったまま、

「大園主善どのに肩入れをしたくなってしまうのだ」

と、苦笑した。

「どうしてでしょうか」

「壮絶な剣術の試合を目の当《ま》たりにしたせいだろう。あの試合によって、五十嵐大五郎の生き方は大きく変わった。一介の浪人が成り上がっていく姿にわしは接してきた。その思い入れもある。しかし、それだけではない。剣を通して磨かれた主善どのの人柄にも敬服している。剣の道を突き詰めて、あのような人格になられた。なにしろ、あれだけの剣客でありながら、ひとと争うことが嫌いなのだ」

「確かに、主善さまの目には慈悲のようなものが伺えます。そんなやさしい眼差しなのに、こちらを圧倒するような存在の大きさ。人間としての器《うつわ》の大きさを感じました。その一方で、私はある御方を思い出していました」

「誰だね？」

　文兵衛が問いかける。

「昔の向田市十郎、今の小野川十兵衛どのです。はじめて釣り糸を垂れていた十兵衛どのの後ろ姿を見ていると、いつの間にか大川の風景に溶け込んで、その姿が消えたように感じられました。主善さまとはまったく逆に存在さえもわからないほどでした。それでいながら、品位のようなものを感じました」

「そうか」

「ただ、耐えきれないような孤独の影も漂い、まったく主善さまとは正反対」

「向田市十郎、やはり会ってみたい」

　文兵衛が目を輝かせた。

「栄次郎どの。もう一度、わしの希望を伝えてくれぬか」

「私はまだ受け入れられておりません。私の話を聞いてくれるかどうかわかりませんんが、もう一度、お話をしておきます」

その夜はいつもと違い、文兵衛は芸者を呼んで騒ぐことはなかった。栄次郎も呑気に三味線を弾く気にもなれなかった。


翌日、栄次郎は神田相生町の自身番の前で、岡っ引きの磯平を待っていた。

ようやく、同心といっしょに磯平がやって来た。磯平と目が合うと、栄次郎は目顔で合図をし、稲荷の祠の前に向かった。

そこで待っていると、磯平が小走りにやって来た。

「親分。きのう奉行所に飾り職人の文平が訴え出ましたか」

栄次郎は確かめるようにきく。

「文平ですって。いえ、そんな話はきいていません」

「現れてない？」

「へえ、そのはずです。でも、どうしてですかえ」

「文平は金貸しの金右衛門に頼まれて、下手人を見たという嘘をついたと白状しました」

「見ていなかったって言うんですかえ」

文平は不審そうにきく。

「そうです。文平は吉原の『月花楼』に揚がってました。金右衛門から謝礼にもらった金で遊んでいたそうです」

「ほんとうですか」

「はい。きのうの昼間、文平は自ら奉行所に行くと約束をしてくれたのですが」

栄次郎はふと不安になった。

「文平のところに行ってみます」

栄次郎はあわてて言い、花川戸に急いだ。

新堀川を渡り、東本願寺前から田原町を過ぎて吾妻橋の手前を左に折れて花川戸にやって来た。

文平の住む長屋に入り、簪と笄の絵が描かれた腰高障子を開ける。

だが、中はがらんとしていた。文平はいなかった。

あれしきのことで逃げたとは思えない。栄次郎は土間を出て、隣りの家の戸を叩いた。

眠そうな顔をした年寄りが出て来た。

「すみません。隣りの文平さんがどこに行ったか知りませんか」

「そういえば、きのうは帰って来なかったな」

「帰って来ない？」

栄次郎は文平が嘘をついたとは思えなかった。

（まさか）

栄次郎は顔から血の気が引くのがわかった。

第三章　復　讐

一

その日、陽が落ちてから、栄次郎はお秋の家を飛び出した。蔵前通りをひた走り、浅草御門までやって来た。

浅草御門の脇の暗がりに人だかりがしていた。栄次郎は野次馬をかき分けて前に出た。

川べりに提灯の明かりが浮かび、磯平の姿があった。

栄次郎に気づいて、磯平が近付いてきた。

「文平でした」

草むらの中で、文平の亡骸が見つかったと、磯平の手下が報せてくれたのだ。

「亡骸を見せていただけますか」

「いいでしょう」

同心はまだやって来ていなかったので、磯平は亡骸に案内した。

莚をめくって、

「袈裟懸けに斬られています」

と、磯平が言う。傍らで、磯平の手下が提灯をかざす。

栄次郎は傷口を見る。

「かなり腕の立つ者です。お咲を殺したのと同じ下手人ではありませんか」

刃桜組の誰かだと思った。

「殺されたのはきのうですね。丸一日経っています。すると、きのうの昼過ぎから夕方にかけて。今まで、よく見つかりませんでしたね」

「通りから外れていますからね」

「それにしても、丸一日以上も経っていて、見つからないのは……」

別の場所で殺され、船で運ばれて来たのではないか。

同心が駆けつけたようなので、栄次郎はその場を離れた。

浅草御門で、誰かに声をかけられた。

「栄次郎さん」

「新八さん」

「ひとが殺されているって聞いて駆けつけてきたんです。ひょっとして」

「ええ、文平でした」

「そうですか」

「まさか、こんなことになるとは……」

「口封じですね」

「ええ。金右衛門でしょう」

「文平は奉行所に行く前に金右衛門のところに行ったんでしょうか」

「そうかもしれません。それで奉行所に行かせないために殺した。でも、そう考えるより、はじめから殺すつもりだったのかもしれません」

「そのつもりで下手人を見たと訴えさせたのですか」

「そうです。下手人は髭面の浪人で、自分が訴えたことが知れると仕返しされるから名前を伏せてくれという台詞《せりふ》も金右衛門が考えたのでしょう。私は最初、文平の身を隠す意味からそういうことを言ったのだと思っていました。でも、違った」

栄次郎はいまいましそうに、

「金右衛門の狙いは、仕返しだったんです。仕返しで、文平が殺されたように見せかける。その布石のために、名前をふせるように訴えたのです」

「なんという男なんだ」

新八は拳を握りしめた。

「無駄でしょうが、金右衛門のところに行ってみましょう」

栄次郎は新八とともに浅草橋を渡った。

四半刻（三十分）後に、田原町の金貸し金右衛門の家で、栄次郎と新八は金右衛門と面と向かっていた。

「また、言いがかりですか」

金右衛門がうんざりしたように言う。

「言いがかりでない。ほんとうのことだ。文平ははっきりそなたに頼まれて奉行所に行ったと言った」

「あの男は私から金を借りておきながら返そうとしない。強く催促したから根に持っていたのだ」

「やはりな」

栄次郎は蔑みの笑みを浮かべ、

「そなたが今のような言い訳をすることはわかっていた」

「言い訳ではありませぬ。そのように仰るなら、証をお見せください。口先だけなら、なんとでも言えます」

「そなたの言うとおりだ。証がなければなんとでも言える」

栄次郎はもとより金右衛門が素直に認めるとは思ってもいない。ただ、真相はわかっているのだという脅しをかけておけば、また何か仕掛けてくる。その期待をしただけだ。

「文平殺しは、お咲を斬った髭面の浪人に仕返しされたのだということで落ち着く。そこまで計算していたのであろう」

栄次郎は吐き捨てるように言う。

「仰りたいことはそれだけですか。気が済んだらお帰りください。でなければ、お役人を呼びますよ」

「呼んでいただいて結構だ。だが、そなたには出来まい。どんなことから、ぼろが出るかわからぬからな」

「…………」

「ところで、刃桜組の者たちとつきあっていて、そなたにはどのような得があるのだ？」

「単なるお客さまですよ。お金を借りに来るだけです」

「しかし、金は返ってきまい。それでも、つきあう意味はなんなのだ？」

「せっかくの矢内さまのご質問ですから、お答えいたしましょう。お旗本は札差からの借金も厳しくなっているでしょう。そこで、私が代わってお金を貸して差し上げようとしているのです。刃桜組のみなさまからたくさんお客さまを世話していただきました」

「なるほど、法外な利子で金を貸す。そして、その取り立てに刃桜組の者が当たる。そういうわけか」

「…………」

「天下の直参の子弟が、借金の返済の取り立て屋になっているのか」

「矢内さまの妄想でございます」

金右衛門は冷笑を浮かべた。

「金右衛門。悪事はいつか露顕《ろけん》する」

「さあ、いかがでしょうか。これだけは言っておきましょう。奉行所は刃桜組に関して、何も手出しは出来ませぬ」

「ずいぶん自信に満ちているな」

「何も悪いことをしてなければ、怖いものはありませんから」

金右衛門は北叟笑《ほくそえ》んだ。

「橋場にそなたの別宅があるな。おそらく、刃桜組の連中はそこにお咲や神田明神境内の水茶屋の娘を連れ込み、悪さをした上で殺した。その死体の始末をそなたがしたのではないか」

「勝手な妄想を……」

金右衛門の頬が痙攣したように震えた。

「まあいい。すべて、そなたの言うとおりだ。奉行所は何も出来ない。ただ、真相を知る人間がここにいることだけは承知しておいていただこう。それから、刃桜組の方々が私を襲ってきたならば、今度は容赦しない。本気で斬る。そうお伝え願おう」

「わかりました。そうお伝えいたします」

「邪魔をした」

栄次郎は金右衛門の家を出た。

「あの男、自信満々ですね」

「いや、内心では動揺しているはずです。でも、金右衛門の言うように、奉行所は何も出来ないでしょう」

文平殺しはお咲を殺した髭面の浪人ということでけりがつくだろう。少しぐらいの疑問があっても、刃桜組の関係していることには目を向けないはずだ。

栄次郎は敗北を認めないわけにはいかなかった。


その夜、栄次郎は屋敷に帰ってから、兄の部屋を訪れた。明かりが漏れていたので、兄がいることがわかった。

「兄上、よろしいでしょうか」

部屋の前で、栄次郎は呼びかける。

「入れ」

兄の声がした。

「失礼します」

栄次郎は部屋に入る。

兄は文机に向かい、文を見ていた。栄次郎は部屋の真ん中に座って待った。

兄は文を畳んでから、立ち上がった。

栄次郎の前に腰をおろした兄は、

「どうした？　冴えない顔だ」

と、心配そうに言う。

「じつは」

栄次郎は文平の一件を話した。

「そうか。奴らには金右衛門という仲間がいるか」

話が終わってから、兄が言う。

「はい。刃桜組の連中は金右衛門から金を借り、返さない代わりに借金取りのようなことをしているのです。持ちつ持たれつの関係にあるのです。お咲を連れ込んだのは橋場にある金右衛門の別宅です。いわば、金右衛門は共犯。だから、あんな小細工をしたのです」

栄次郎は怒りを隠せずに訴える。

「奉行所はいるはずのない髭面の浪人を下手人としてことを納めましょう。残念ながら、万策尽きた感じです」

「珍しいな。栄次郎が弱音を吐くとは」

兄は厳しい顔で言う。

「この世には、法では裁けない悪があることを思い知らされました」

「諦めるのか」

「諦めたくはありません。ですが、今後、奴らが新しいことをしでかすのを待つしかない。それで、捕まえることが出来ても、お咲殺しではもう奴らを裁けないのです。そのことが悔しいのです」

「栄次郎。諦めるな。これを見よ」

兄はさっき呼んでいた文を寄越した。

栄次郎はそれを開いた。

「これは」

一目見て、栄次郎は顔を上げた。

「内藤恭三郎に妻を辱められた者からの訴えだ。その後、妻は自害したという。この文は差出人の名がない。だが、妻女が自害していることから調べはつく。このことが事実と明らかになれば、きっと御目付も見過ごしには出来まい」

「これはどうなさったのですか」

「組頭さまに届いた」

「でも、いったい、今になってどうして?」

「我らが動きだしたのを察して、訴え出たのだろう。きっとこの先も次々と被害を訴える者が出て来るかもしれぬ。まだ、諦めるのは早い」

「わかりました。私もお咲のことばかりに目を奪われておりましたが、もうひとりの娘のほうも調べてみます」

栄次郎は挫けそうになった心を奮い立たせた。


翌日、いつものように相生町の自身番の前で、栄次郎は巡回でやって来る磯平親分を待ったが、なかなかやって来ない。

きょうは巡回の道順が違うのか、それとも別の場所に行っているのか。いつまで待っても現れないので、栄次郎は神田明神に向かった。

手前にあった葦簾《よしず》張《ば》りの水茶屋に入り、派手な前掛けを締めた茶汲み女に声をかけた。

「つかぬことをきくが、先月、水茶屋の女が殺されるという事件があったが、知っているか」

「はい。この先の『鈴の家』さんのおのぶさんです」

女は怯えたように答えた。

「かたじけない」

栄次郎は『鈴の家』に向かった。

同じような葦簾張りの水茶屋があった。柱に『御休処 鈴の家』という看板がかかっていた。

縁台に二組の客がいて、甘酒を飲んでいる。

栄次郎は潰し島田の小粋な娘に声をかけた。

「ご主人はいるかな」

「少々お待ちを」

娘は葦簾張りの裏にまわった。先に娘が戻り、しばらくして中年の男がやって来た。

「何か御用で」

「先日、こちらのおのぶという娘が殺された件で、話を聞きたいのですが」

とっさに主人は顔をしかめた。

「別にお話しすることはありません」

明らかに怯えたような様子だ。

「ここに刃桜組の連中は来ていたのですか」

「知りません。どうか、お引き取りを」

「まだ、下手人が捕まっていません」

「何もお話は出来ません」

「脅されているのですね」

　主人ははっとした。

「刃桜組の連中ですね」

「どうか、ご勘弁を」

　主人は引き返そうとした。

「待ってください。では、おのぶさんの住まいはどこだったか、それだけでも教えていただけますか」

「妻恋町《つまこいちょう》の杢兵衛店《もくべえだな》です」

　そう言い、主人は逃げるように葦簾張りの裏に姿を隠した。

よけいなことを言うなと、内藤恭三郎らから脅されているのではないか。これ以上、主人に食い下がっても無駄だ。

　栄次郎はそこを離れ、裏門から妻恋坂に出て、妻恋町に向かった。

　妻恋町の杢兵衛店はすぐにわかった。栄次郎は長屋木戸を入り、井戸で洗濯をしていた女におのぶの住まいを尋ねた。

「おのぶちゃんはもう」

女は顔をしかめた。

「ご家族の方にお会いしたいんです」

「そう、でも、もう引っ越していきました」

「引っ越した?」

「おのぶちゃんがあんなことになって、母親は親戚の家に引き取られたんですよ」

「母娘ふたり暮しだったんですか」

「兄の孝助《こうすけ》さんは大工の親方のところに住み込んでいて、ふたりで暮らしていました」

「そうですか。孝助さんが住み込んでいるのはどちらかわかりますか」

「竪大工町《たてだいくちょう》の藤兵衛《とうべえ》親方のところです」

「藤兵衛親方ですね」

栄次郎は礼を言って、長屋をあとにした。

妻恋坂を下り、明神下から筋違橋に向かっていると、神田花房町《はなぶさちょう》の角から磯平が現れた。

「あっ、親分。探していた」

栄次郎はほっとした。

「なんですかえ」

「今、『鈴の家』のおのぶの長屋に行って来ました」

「どうして？」

「刃桜組の連中の痕跡がないかと思いましてね」

「栄次郎さんは、まだ奴らのことを……」

磯平が困惑した顔で言う。

「ええ。もちろんです」

「栄次郎さん。向こうに」

磯平は暗い顔をして、栄次郎を川のほうに誘った。

人気《ひとけ》のない場所に出てから、

「じつは今朝、奉行所に金右衛門がやって来ましてね。文平が自分を貶《おとし》めるようなことを言っていたと矢内栄次郎という侍から脅されたと訴えていきました。文平は借金の返済のことで逆恨みをして、あることないことを言いふらしている。それを矢内栄次郎が真《ま》に受けたのだと話していたそうです」

「そうですか。あの男なら、そこまでやるでしょう」

「文平殺しは、お咲を殺した髭面の浪人ということになりました。もう、刃桜組のことは関係ありません。そういうことになったんです」

　磯平はやりきれないように続けた。

「栄次郎さん。これが奉行所の限界ですよ。刃桜組の連中がいくら怪しかろうが、しかとした証がない以上、何も出来ません」

「わかっています。だから、今度はおのぶの線から攻めようとしているんです」

「同じです」

「やってみなければわかりません。おのぶには大工の兄がいたそうですね。これから、兄に会って来ようと思っています」

「さあ、どうでしょうか」

　磯平は力のない声で続ける。

「兄の孝助は藤兵衛親方のところに住み込んでいるんです。事件のことは何もわからないと思います」

「ええ。でも、何か手掛かりが摑めるかもしれない。僅かでも望みがあれば、まず、そこに行きます」

　栄次郎は勇んで言い、

「親分。おのぶの事件について詳しく教えていただけませんか」

と、頼んだ。

「あっしたちにもうこの件に関わるなというお達しがありました。ですから、何も出来ないんです」

「親分の立場はわかります。ただ、事件のことを教えていただければいいんです。おのぶも袈裟懸けに斬られていたんでしたね。そして、大川に捨てられた。お咲の場合と同じです。おのぶも殺される数日前から姿を消していたんじゃありませんか」

「栄次郎さん、勘弁してください。じつは、文平のことを栄次郎さんに話したのはあっしだとわかっちまったんですよ。もし、あっしが栄次郎さんに話しさえしなかったら、文平は殺されることはなかった。そう、責められているんです。これ以上、栄次郎さんに話をするとあっしの立場が……」

　磯平は苦しそうに言う。

「そうですか。すみません。親分にご迷惑をおかけして。ただ、これだけは言えます。奴らは最初から文平を殺すつもりだったんです。私が文平に近付いたからではありません。文平は吉原で遊んでいました。その金は金右衛門から謝礼としてもらったものでしょう。しかし、遊ぶ金が尽きたとしても、文平は吉原通いをやめられないはずです。そうしたら、金右衛門にとっちゃ、文平が恐喝者に変わるのは目に見えています。

だから、最初から殺すつもりだったんですよ」

磯平は戸惑い気味に、

「そうかもしれません。でも、誰もそのことをわかろうとしないでしょう。残念ですが。そういうわけなので、悪く思わないでください」

悄然とした様子で、磯平は去って行った。磯平も奉行所の措置に納得していないのだ。そのやりきれない気持ちが後ろ姿に垣間《かいま》見えた。

栄次郎はその足で筋違橋を渡って、竪大工町の大工藤兵衛の家に向かった。だが、孝助は藤兵衛といっしょに普請場に出かけて会えなかった。栄次郎は普請場を聞いたが、そこに出かけるまでもないと思い、また出直すことにした。

二

翌日、栄次郎はお秋の家の二階で三味線を弾いていた。が、またも撥を持つ手が止まった。

先の手が思い浮かばない。文兵衛と約束した曲作りで三味線を弾いていたのだが、いったん躓《つまず》くと、あとが続かなかった。

やはり、屈託が胸を覆っている。いずれ、内藤恭三郎たちはまた動きだす。それまで待たねばならないのか。

三味線を置いて、立ち上がった。

栄次郎は階下に行く。

「散歩してきます」

栄次郎はお秋に告げ、外に出た。

大川端に足を向ける。きょうも、十兵衛の姿はなかった。最近、釣りをしていない。何かあったのだろうか。

病気ではないのか。栄次郎は気になった。十兵衛はひとり暮しで、病で臥せたら看病する者とてない。鍛えた体の持ち主とはいえ高齢だ。

栄次郎は天空寺に向かった。

山門に入り、まっすぐ境内を突っ切って裏の物置小屋に向かった。墓地から出て来た寺男が、

「小野川先生なら、さっき出かけました」

と、遠くから声をかけた。

「出かけた？」

栄次郎は寺男のそばに行き、

「十兵衛どのは病に罹っているわけではないのですね」

「あの先生は病とは縁がないですよ。相変わらず、朝稽古と水浴びを続けていなさる」

「よかった。最近、釣りをしていないようなので、心配していました」

「そう、近頃はよく昼から外出なさっている」

「どこに行っているんでしょうか」

「さあ、きいても教えてくれませんからな」

「そうですね」

病ではないことに安心して、栄次郎はお秋の家に戻った。

再び、三味線を持ったが、雑念が襲う。それを振り払いながら弾いていて、三の糸がいきなり切れた。

新しい糸と取り替える。改めて三味線を弾きはじめたが、気に入った音色が出なかった。気持ちが乗らないせいか。栄次郎は己の心の弱さを思い知った。

何か心に引っかかることがあると、三味線の音色に影響する。心が乱れれば、それが音に出てくる。師の吉右衛門は必ずそのことに気づく。

剣を持てば心を無に出来る。そう思っていた。だが、そうではないのかもしれない。ただ、三味線のように音がないので気づかないだけかもしれない。

栄次郎はまだまだ剣の上でも修行が足らないのではないかと思った。

そのとき、釣り糸を垂れている十兵衛を思い出した。大川の風景に溶け込んで、その存在が消えているのは、十兵衛が無の境地に入っているからだ。

雑念があれば見えるものも見えず、考えられることも考えられず、聞こえるものも聞こえない。

改めて、栄次郎は十兵衛の凄さに気づいた。

障子が開いて、お秋が入ってきた。行灯の火を入れに来たのだ。部屋の中はいつの間にか暗くなっていた。

「お秋さん、今夜は崎田さまはお見えになられるのですか」

栄次郎はきく。

「ええ、見えます。何か」

「この前、失礼な態度をとってしまったので、お詫びをしたいと思っていたのです」

「あら、旦那のほうこそ、栄次郎さまを怒らせてしまったと気に病んでいましたよ」

「崎田さまが？」

「ええ。栄次郎どのの気持ちはよくわかると仰って」

「そうですか。崎田さまも」

栄次郎は胸が熱くなった。

やはり、孫兵衛も内心では刃桜組の連中に不審を抱いているのだ。だが、旗本には迂闊に手が出せない。孫兵衛自身もそのことで苦しんでいたのかもしれない。

夜になって、孫兵衛がやって来て、栄次郎もいっしょに酒を呑みはじめた。

頃合いをみて、栄次郎は居住まいを正して、

「崎田さま。先夜はいろいろ失礼なことを申し上げました」

栄次郎は頭を下げた。

「いや、そなたの気持ちもよくわかる。わしとて……。いや、よそう」

「はい。私も今なら崎田さまの苦しいご胸中に思いをはせることが出来ます。我が身の未熟さを痛感しております」

「何を言うか。そなたが悪いわけではない。まあ、今宵は大いに呑もう」

「はい」

「まあ、よかった」

お秋が酒を持って入って来た。

「さあ、栄次郎さん。どうぞ」

お秋が栄次郎に酒を勧める。

「おいおい、栄次郎どのが先か」

孫兵衛は不満そうに言うが、目は笑っていた。

「はい。旦那はあとで」

そのとき、外で戸が叩かれ、声がした。

「はーい」

と、女中の声が聞こえた。

「こんな時間に誰でしょうね」

お秋が小首を傾げた。

「まさか、俺じゃないだろうな」

孫兵衛が眉根を寄せた。奉行所からの急の呼び出しかと思ったようだ。

やがて、女中が顔を出した。

「栄次郎さまに、磯平親分の使いだと言って」

「親分の？」

何かあったのだと思ったが、何かは想像出来なかった。

栄次郎は土間に出て行った。いつも報せに来てくれる磯平の手下だ。

「矢内さま。向柳原で、刃桜組の坂部稲次郎という侍が死んで見つかりました」

「なんですって、坂部稲次郎が？」

刀を振りかざし、お咲を追いかけていた大柄な侍だ。その後、十兵衛を襲ったのもその侍だ。

「今、親分は現場にいます」

「わかりました。すぐ、行きます」

栄次郎は居間に戻った。

「崎田さま。お聞きのとおりです。行ってみます」

「わかった」

孫兵衛は厳しい顔で応じた。

栄次郎は刀をとって、お秋の家を飛び出した。

途中、天空寺の近くを通りかかったとき、十兵衛のことが脳裏を掠めたが、栄次郎はそのまま蔵前通りを走った。

御蔵前から元鳥越町を抜け、武家地の中の七曲がりと呼ばれる通りの角を何度か曲がって向柳原に出た。

武家屋敷の塀際に提灯の明かりが揺れていた。磯平を見つけ、近寄る。

「磯平親分」

「あっ、矢内さま。ご覧ください」

仰向けに倒れている亡骸に、磯平は提灯の明かりをかざした。

栄次郎は合掌してから傷を見た。脳天から顔の真ん中に一筋の赤黒い線が引かれている。斬られているのだ。

「一刀の下《もと》ですね」

凄まじい腕だと、栄次郎は驚きを禁じ得なかった。坂部稲次郎の刀は鞘に納まったままだ。刀を抜く間もなかったのだ。

「近くの屋敷の中間《ちゅうげん》が見つけて、そこの辻番所に知らせたのです。たまたまあっしが近くを通りかかったんです。それで、あっしもいっしょに亡骸を見て、知った顔だったので驚きました」

「じゃあ、亡骸が坂部稲次郎だとわかったのは親分がいたからですか」

「そうです。辻番所の番人は知りませんでした」

「斬った侍は？」

「番人は怪しい人間は見ていなかったそうです」

「財布は？」

「あります。辻強盗ではありませんね」

「坂部稲次郎と知ってのことでしょうか」

「さあ」

「屋敷には？」

「辻番所の者が知らせに走りました。そろそろ、やって来る頃ですが。おや、うちの旦那だ」

磯平が新《あたら》シ橋《ばし》のほうに目をやった。

同心がやって来たので、栄次郎は後ろに下がった。

同心が亡骸を検《あらた》めていると、数人の侍が駆けつけてきた。坂部稲次郎の屋敷の者か。

その中に、内藤恭三郎がいた。

恭三郎は栄次郎に気づくと太くて濃い眉をひそめたが、すぐに視線を同心に向けた。

何か言ってから、倒れている稲次郎のそばに行った。

「これは……」

恭三郎は絶句したが、

「稲次郎。誰にやられたのだ？」

と、大声で怒鳴る。

ふいに、恭三郎が立ち上がり、つかつかと栄次郎の前に立った。

「貴様か」

目が鈍く光った。

「私ではない。私にはあのように斬れない」

「いや、そなたなら出来るはずだ。稲次郎とて、そう簡単に後《おく》れをとらぬはずだ。だが、そなたなら……」

恭三郎は刀の柄に手をかけた。

「おやめください。私ではない。坂部どのが斬られたと思われる時刻、私は与力の崎田孫兵衛さまといっしょでした。疑うなら、確かめてください」

「…………」

「そんなことより、早く、坂部さまをお屋敷に」

「よし、話は後日」

柄から手を離し、恭三郎はいっしょに連れて来た者に何か言いつけた。辻番所のほうで用意したのか、戸板が亡骸のそばに運ばれてきた。

恭三郎は同心に、

「斬ったのは侍だ。この件は我らで始末をつける」

と、告げた。

「わかりました」

同心は応じた。関わりにならず、ほっとしたような顔だ。

亡骸は戸板に乗せられ、恭三郎が付き添い、屋敷に向かった。

「いったい誰がやったんでしょうか。まさか、お咲殺しと関係があるんじゃ?」

磯平が不思議そうに言う。

「斬った人間はかなりの腕の持ち主です。お咲の周辺にはそんな腕の立つ……」

栄次郎は声を止めた。

まさかと思いながら、ひょっとしてという気持ちもあった。

小野川十兵衛……。一番最初にお咲を助けたのが十兵衛だ。そして、そのとき刀を振りかざしていたのが坂部稲次郎である。

「矢内さま、どうかなさいましたか」

磯平が不審そうにきいた。

「いえ、なんでもありません」

栄次郎は適当に挨拶をして、磯平と別れた。

気になってならず、栄次郎は来た道を戻った。そして、天空寺の境内に入った。物置小屋から微かに明かりが漏れていた。十兵衛がいるのだ。栄次郎は小屋に近づき、戸を開けようとした。

だが、手が動かなかった。しばらく、戸の前に立っていたが、栄次郎はため息とともに踵を返した。

翌日、栄次郎は向柳原にやって来た。

辻番所に寄り、ゆうべの騒ぎについて尋ねたが、言い争う声や悲鳴などは聞こえなかったという。

坂部稲次郎を待ち伏せていたのか。しかし、稲次郎も腕に覚えのある男だ。そう簡単に後れをとるとは思わない。

だとしたら、いっしょに歩いて来て不意を衝《つ》かれたのか。

「五十過ぎの髪を後ろで束ねた侍が通りませんでしたか」

栄次郎は十兵衛のことをきいた。

「なにしろ、暗い道ですからな」

番人は行き交う人間の顔ははっきりわからないと言った。

この通りに何カ所か辻番所がある。どこでも、同じ答えだった。十兵衛らしき老侍は見ていない。

しかし、暗い道なので見ていても、顔まではわからなかったのかもしれない。また、意識して武家地の中の道をうまく行けば、辻番所の前を通らずに済む。

どの程度の暗さか、栄次郎は夕方にもう一度、ここに出直そうと思った。

そこを離れ、栄次郎は天空寺に行った。

十兵衛は昼までは、子どもたちに学問を教えている。庫裏のほうから、子どもたちの論語を読む声が聞こえてくる。

掃除をしている寺男が箒を持って近付いてきた。

「まだ懲りずに、小野川先生に会いに来ていなさるのか」

「ええ、なんとか教えを乞いたいことがありましてね」

栄次郎は答えたが、それは本心だ。

釣り糸を垂れながらの無の境地。あの極意を学びたい。その手掛かりになることでも摑みたい。そう思っている。

だが、今、栄次郎の心を占めているのは坂部稲次郎を斬ったのが十兵衛ではないかということだった。

もし、十兵衛だとしたら、なにが十兵衛をそこまで突き動かしたのかを知りたい。自分が一度は助けたお咲が殺された仕返しをしたのか。奉行所も御徒目付も手出しの出来ぬ無頼漢に対して、十兵衛が正義の鉄槌《てっつい》を下したのか。

「ゆうべ、十兵衛どのが外出から帰って来たのは何時ごろかわかりますか」

「さあ、そこまではわかりません。ただ、六つ半（午後七時）には帰ってなかったな。小屋が真っ暗だったから」

稲次郎が斬られたのは暮六つ（午後六時）から六つ半ごろの間と思われる。まさに、その時刻、十兵衛は小屋に帰っていないのだ。

十兵衛だろうか。仮にそうだったとしても、栄次郎は十兵衛を糾弾するつもりはない。だが、決して正しいやり方だとは思えない。

法の下《もと》で裁かなければ、何も解決しない。そう思うのだ。しかし、十兵衛にこのことを問いただそうにも、相手になってもらえない。

まだ、子どもたちの声が聞こえる。

その声を聞きながら、栄次郎は引き揚げた。

三

その日の夕方、栄次郎は再び向柳原にやって来た。

栄次郎は辻番所の前を通らずにどこまで行けるかをためしてみた。すると、稲次郎が斬られた場所に近い大名屋敷の角を曲がり、さらに七曲がりの手前の角を曲がると町家に出る。

やはり、辻番所の前を通らずにこの一帯から抜け出せそうだ。

栄次郎は再び、元の殺しのあった場所に戻ってきた。もし、十兵衛の仕業だとしたら、どうして坂部稲次郎がここを通ることを知ったのだろうか。

あるいはあとをつけてきたのだとしたら、どこからつけてきたのか。

そんなことを考えながら、稲次郎が倒れていた場所に立った。やはり、待ち伏せは考えにくい。あとをつけてきて、ここで襲ったのだ。

背後にひとの気配がして振り返った。

「あなたは」

内藤恭三郎が立っていた。

「なぜ、ここにいる?」

敵意に満ちた目を向けた。

「あなたこそ、なぜ?」

「まず、俺の問いに答えてもらおう」

「坂部さまを殺した人間の手掛かりがないかと思いまして」

「どうして、そんなことを、そなたが調べるのだ?」

「あの斬り口です。相当な腕の持ち主です。そのことに興味を持ちました」

十兵衛のことは口に出せない。

「何かわかったか」

「いえ。ただ、坂部さまを斬った者はどうしてここで襲撃したのかを考えていました」

「それで?」

「ここまで坂部さまのあとをつけてきて襲ったのではないかと。ゆうべ、坂部さまはどこにお出かけだったのでしょうか」

「知らぬ」

「金貸し金右衛門のところの帰りということは考えられますか」

「ない。金右衛門に確かめた」

恭三郎は金右衛門のところからの帰りらしい。

「では、なぜ、坂部さまがこの道を通られたのかわからないのですね」

「わからん」

恭三郎はため息をつく。

「なぜ、坂部さまは殺されたと思いますか」

栄次郎はなおもきく。

「わからぬ」

「お咲という娘の件と関わりがあるのでは？」

「…………」

恭三郎から返事がなかった。

「内藤さまもそう思っておいでなのですね」

「そなた、小野川十兵衛のことをどこまで知っている？」

「どこまでって……、天空寺の物置小屋に住んでいるとだけです」

栄次郎は用心深く答える。

「内藤さまは、十兵衛どののことを何かご存じなのですか」

「いや、わからぬ。だが、あの男は只者ではない。相当な剣客と見た」

さすが、恭三郎だ。十兵衛の技量を見ぬいている。

「あの者なら、稲次郎を斃《たお》せるだろう」

あっと、栄次郎は声を上げそうになった。恭三郎もまた、十兵衛に疑いを持っている。

「もしかしたら、これから十兵衛どののところに行くつもりなのでは？」

「そうだ。あの男なら稲次郎を殺《や》ってもおかしくない」

「十兵衛どのがお咲の仇を討ったということですか」

「そうではない。稲次郎は十兵衛に意趣返しをしようとしたのかもしれない。だが、逆に斬られた……」

「なるほど」

そうか、そういう見方もあるかと、栄次郎は頷いた。

稲次郎は天空寺まで十兵衛を襲いにきたのだ。その後も仕返しをする機会を狙っていたとしても不思議はない。

稲次郎のほうから十兵衛に近付いたと考えたほうが納得出来る。十兵衛がお咲の仇を討とうとするとは思えないのだ。

そう考えると、ますます、十兵衛の仕業のような気がしてきた。

「私もごいっしょします」

「うむ?」

「これから十兵衛どののところに行かれるのですね。だったら、私もごいっしょさせてください」

「断る。そなたには関係ない」

「しかし、十兵衛どのの仕業だという証はありません」

「それを確かめるのだ。邪魔立てはよしてもらおう」

「私もそのことが知りたいのです」

「勝手にしろ」

いきなり、恭三郎は歩きだした。栄次郎もあとを追う。

皮肉なことに、栄次郎は恭三郎といっしょに十兵衛のもとに向かった。

「今宵は坂部さまの通夜ではありませんか」

栄次郎は横に並んで声をかけた。

「このままでは、稲次郎は成仏出来ぬ。俺が通夜に参列するより、仇を討つほうが供《く》養《よう》になる」

恭三郎は厳しい顔で答えた。

天空寺の山門をくぐった。

境内は暗く、静かだ。庫裏のほうに明かりが見えるだけで、本堂も闇の中でひっそりとしている。

本堂の脇から裏に向かうと、物置小屋から漏れる微かな明かりが見えた。

「いるな」

恭三郎は呟く、足早に小屋に向かった。

小屋の前で一呼吸置き、恭三郎は戸に手をかけた。

「ごめん」

恭三郎は戸を開けた。十兵衛は文机に向かっていた。絵を描いているのだ。

「失礼する」

恭三郎は勝手に中に入る。栄次郎も続いた。

しかし、十兵衛はいっこうに動じない。もくもくと手を動かしている。

恭三郎は意気込んで声をかける。

「拙者、内藤恭三郎と申す。坂部稲次郎を斬ったのはおぬしか」

いきなり、恭三郎は核心に触れた。

しかし、十兵衛に変化はない。

「なんとか言え」

いらだったように、恭三郎が声を張り上げた。

「静かになされ」

やっと、十兵衛が口を利いた。だが、まだ文机に顔を向けたままで、絵筆を持つ手を休めようとはしなかった。

「無礼であろう。こっちを向け」

恭三郎は激しく言う。

しかし、十兵衛は無言で絵筆を動かしている。

「おのれ」

恭三郎が刀の柄《つか》に手をかけた。

「おやめください」

栄次郎は恭三郎を引き止めた。

「十兵衛どのの作業が終わるまで待ちましょう」

「くそっ」

恭三郎は吐き捨て、柄から手を離した。

それから四半刻（三十分）ほど待たされて、ようやく十兵衛は筆を置き、顔をこっちに向けた。

「用件は？」

「坂部稲次郎のことだ。殺ったのはそのほうか」

恭三郎は強引に迫る。

「知らぬ」

「知らぬだと？」

「そうだ。知らぬ。わかったら、帰っていただこう」

「とぼける気か」

「わしには関係ない」

「夕べ、暮六つから六つ半頃まで、どこにいた？」

「答える必要はない。帰られよ」

十兵衛は毅然とした態度で言う。

「やはり、そなただな。稲次郎を斬ったのは。許せぬ」

再び、恭三郎は刀の柄に手をかけた。

「内藤どの。引き揚げましょう」

栄次郎は素早く恭三郎の前に立った。

「退け」

「退きませぬ」

「くそっ。十兵衛、覚えておれ」

恭三郎は捨てぜりふを吐き、出口に向かった。

「失礼します」

栄次郎は十兵衛に詫び、恭三郎を追って小屋を出た。

「あいつだ。間違いない」

追いつくと、恭三郎が激しく言う。

「その証はありませぬ」

「あの態度が証だ」

「無茶です。あなたがただって、お咲殺しを証がないからと認めようとしないではありませんか。それとも、証がなくても、あなた方が……」

「奴だ」

恭三郎は栄次郎の言葉を遮った。

「さっき、抜き打ちに斬りつけようとした。だが、斬りにいけなかった。隙がなかった。稲次郎も同じことを言っていた。刀を振りかざしたが、どうすることも出来なかったと」

十兵衛がお咲を助けに入ったときのことを言っているのだ。

「だが、必ず、奴を斃す」

恭三郎の顔は悲壮感が漂っていた。


翌日の昼下がり、お秋の家を出て、栄次郎が大川端に行くと、久し振りに十兵衛が釣り糸を垂れていた。

しばらくその姿を見つめて、栄次郎は十兵衛の横に腰を下ろした。

十兵衛は何も言わない。栄次郎も無言で川を見つめる。

竿がしなった。十兵衛は竿を上げる。魚がかかっていた。いつものように、十兵衛は魚を放す。

「釣りに意味があるのですか」

栄次郎は尋ねる。もとより、返事を期待していない。

「心を無にするためですか。無にすれば、餌をつけずとも魚が釣り針にかかるのでしようか」

「わしと竿と糸と針が一体となる」

十兵衛が口をきいた。

「一体に?」

「魚を釣ろうとする気持ちは竿から釣り針に伝わる。それなら魚は食いつかない」

「剣も同じということですか」

栄次郎が言うと、はじめて十兵衛は顔を向けた。

「そうだ。敵を倒そうとする気力が強ければ強いほど相手を倒せぬ」

「坂部稲次郎のことですが」

「わしに関係ない」

十兵衛の表情が微かに動いたのが気になった。やはり、十兵衛の仕業なのだろうか。

「あなたは向田市十郎さまなのですね」

栄次郎はずばりきいた。

「違う」

「向田市十郎さまの右手二の腕には花のような痣があったそうです。十兵衛どのの腕にも同じような……」

「似た痣の持ち主はおろう」

「そうかもしれません。でも」

十兵衛は立ち上がった。

「お帰りですか」

十兵衛は黙って釣り竿を片づけた。

栄次郎は何も言わずに去って行く十兵衛を見送った。その後ろ姿に孤影を見たのは気のせいだろうか。

恭三郎が言うように、十兵衛はお咲の仇を討ったわけではなく、仕返しのために襲ってきた坂部稲次郎を返り討ちにした。そういうことだったのかもしれない。

栄次郎がお秋の家に戻ると、新八が来ていた。

「近くの菩提寺で、坂部稲次郎の葬式が行なわれていました。病死ということになってました」

「そうですか。刀も抜けずに斬られたという不名誉な死を隠したのでしょうか」

「そのようです。参列者もそう思い込んでいるようでした。ただ、悲しみの少ない葬儀のようでした」

「悲しみが少ない？」

「はい。部屋住の乱暴者です。嫌われていたようです。屋敷の人間もほっとしているんじゃないかっていう声もありました」

「そうですね。で、刃桜組の連中も集まっていたんでしょうね」

「ええ。内藤恭三郎と吉池房次郎の顔が見えました。この連中だけが殺気だっていたようです」

「敵討ちをするつもりでしょう」

近々、徒党を組んで、十兵衛を襲うかもしれない。そんなことはさせないと、栄次郎は拳を握りしめた。

その夜、栄次郎は天空寺の本堂の脇に立ち、物置小屋を見通せる場所にいた。刃桜組の連中がやって来たら、ここで食い止めるつもりだった。

きのうのきょうである。恭三郎が今夜仕掛けてくるとは思えないが、用心に越したことはない。

昼間、釣りをしていた十兵衛とはじめてまともな会話をした。十兵衛との間の距離が少し縮まったような気もするが、まだまだ打ち解けるまでには時がかかりそうだ。

夜になって冷えてきたが、一頃のような厳しい寒さはもうない。ここに来て半刻（一時間）経ったが、恭三郎たちは現れそうにもなかった。

もっと遅い時間を狙うのか。しかし、大園道場で師範代まで務める男が、夜襲のような卑怯な真似をするだろうか。

そう考えると、恭三郎が夜に襲うというのはありえないと思うようになった。そろそろ、五つ（午後八時）を過ぎた。

そう思ったとき、山門に人影が現れた。ひとりだ。

本堂の陰に身を隠し、栄次郎は人影が近付いて来るのを待った。顔は暗くてわからない。だが、人影が迫って来て、栄次郎はあっと思った。

十兵衛だった。十兵衛は外出していたのだ。本堂の脇を過ぎるとき、十兵衛はこっちに目をくれた。

気づいたのだ。だが、十兵衛はそのまま、物置小屋に向かった。

いったい、十兵衛はどこに行っていたのか。栄次郎はそのことが気になった。

四

翌朝、東の空がようやく白みだした。栄次郎が庭で素振りをしていると、女中が呼びに来た。

「栄次郎さま。新八さんがお見えです」

「新八さんが」

栄次郎は胸騒ぎがした。よほどのことがない限り、新八が屋敷まで来ることはない。

「ここに通して」

「はい」

女中に言い、栄次郎は手拭いで汗を拭く。

新八がやって来た。

「栄次郎さん。たいへんです。内藤恭三郎が斬られました。脳天から真っ二つに斬られていました」

「まさか」

あの腕の立つ恭三郎がむざむざと斬られるとは信じられない。

「どこでですか」

「太田姫《おおたひめ》稲荷の裏手です」

栄次郎は着替えを済ませ、新八とともに屋敷を飛び出し、本郷通りをひた走った。

朝早く長屋路地に入って来た納豆売りが太田姫稲荷の裏でお侍が殺されたらしいと長屋の住人に話した。それを厠の帰りに聞き、新八は気になって太田姫稲荷に駆けつけて、殺されたのが内藤恭三郎だと知ったという。

昌平坂を下り、昌平橋を渡って淡路坂《あわじざか》を上がった。

太田姫稲荷の横には武士の姿が目立った。奉行所の人間はいない。栄次郎は強引に前に出て、亡骸を検めた。

坂部稲次郎とまったく同じだ。頭から眉間を通り、長い一筋の赤黒い傷跡が体にまで走っていた。

死んでから半日は経っていると、栄次郎は思った。斬られたのはきのうの夜だ。栄次郎は刀を見た。

刀は抜いてあった。しかし、相手の技量がはるかに上回っていたのだ。

内藤家の人間がやって来たらしい。栄次郎はその場を離れた。

「栄次郎さん。坂部稲次郎を斬った者と同じですね」

「ええ、間違いありません。同じ人間です」

栄次郎の脳裏を十兵衛の顔が掠《かす》めた。ゆうべ、十兵衛が物置小屋に帰って来たのは五つ（午後八時）過ぎだ。

それに、恭三郎ほどの腕の者をあのように斬ることが出来るのはそういるはずはない。

「これから十兵衛どののところに行ってきます」

「私もごいっしょします」

新八もついてきた。

天空寺にやって来たが、すでに子どもたちに学問を教えはじめていた。

「終わるまで待ちますか」

新八がきく。

「金右衛門に会ってみましょう」

栄次郎は田原町に向かった。

金右衛門の家の戸を開け、中に入る。

「金右衛門さんはいらっしゃいますか」

栄次郎は番頭らしい男にきく。

「少々お待ちください」

番頭は奥に呼びに行く。

金右衛門が出て来た。表情が曇っている。

「これは矢内さまですか。ひょっとして、坂部稲次郎さまが殺されたことでお出でに？　そのことなら私にはわかりません」

「いや。まだ知らないのか」

「なにをでございますか」

「内藤恭三郎どのが亡くなられた」

「ご冗談を」

　金右衛門は口許を歪めた。

「今朝見つかった。斬られたのは夕べだ」

「まさか」

　金右衛門の表情が強張った。

「坂部どのを斬った人間の仕業だ」

「ほんとうでございますか」

　金右衛門は声を震わせた。

「残念ながら、ほんとうだ」

「なんということを……」

　金右衛門は虚ろな目になって、

「あれほどの剣客が斬られるなんて。あの小野川十兵衛という男はそんなに腕が立つのですか」

「待て。まだ、十兵衛どのの仕業だと決まったわけではない」

「いえ、坂部さまの葬式のとき、内藤さまはそう仰っていました」

「なぜ、そう思うのだ？」

「…………」

「お咲の件があるからだな」

「いえ、それは……」

「金右衛門。正直に言うのだ。お咲を殺し、下手人を見たと名乗り出た文平を殺したのは坂部さまであろう」

「いえ」

「十兵衛どのがお咲の敵討ちをしていると思っているのではないか。だったら、次に狙われるのは吉池房次郎どの、そしてそなたかもしれぬ」

「げっ。なぜ、私が？」

金右衛門がおののいた。

「あの三人がお咲を連れ込んだのは、橋場にあるそなたの別宅だ。違うか」

金右衛門は顔色《かおいろ》を変えた。

「内藤どのが敵《かな》わなかった相手に吉池どのが歯が立つとは思えぬ。奉行所に助けを求めない限り、吉池どののもそなたも同じ目に遭う」

「冗談ではありません。私はただ内藤さまに頼まれて……」

金右衛門は不満そうに訴えた。

「頼まれて、場所を用意し、文平に嘘を言わせたのか。しかし、文平ははじめから殺すつもりだったのではないか」

栄次郎が問いつめると、金右衛門は肩を落とした。

「よいか。すべてを話し、奉行所に助けを求めるのだ。そうではない限り、そなたが助かる道はない」

栄次郎は脅した。

「そなたの一存でことは図れまい。吉池房次郎どのと話し合うのがよかろう。邪魔した」

栄次郎は踵を返した。

「お待ちください」

金右衛門が呼び止める。

「どうか、私をお守りください。お金ならいくらでも差し上げます」

「私は金など要《い》らぬ」

栄次郎は冷たく突き放す。

「それに、私も敵わぬだろう。そなたの助かる道は奉行所に行くしかない」

金右衛門は呆然とした。

「よいか、すべてを話し、守ってもらうしかない」

栄次郎は諭すように言い、外に出た。

「金右衛門はかなり動揺していましたね」

「ええ。内藤さまが殺されたことが大きかったようですね。大園道場で代稽古を務めるほどの御方が殺されたのですから」

「奉行所に出向くでしょうか」

「吉池どのがどう出るか」

吉池房次郎が奉行所に訴え出ることを承知するだろうか。いや、承知するまい。金右衛門を押しとどめるだろう。そのとき、金右衛門がどう出るか。

「新八さん。すみませんが、金右衛門を見張っていていただけますか。これから、吉池どのに会いに行くと思います」

「わかりました」

新八と別れ、栄次郎は天空寺に行った。

まだ、講義は続いているようだった。栄次郎は物置小屋の前に立った。

十兵衛は刀を小屋に置いてあるはずだ。刃を調べてみようかとも思ったが、無断で小屋に入るような真似は出来なかった。

四半刻（三十分）ほどして、子どもたちが外に飛び出してきた。しばらくして、十兵衛がやって来た。

栄次郎を見ても、十兵衛の表情は変わらない。

「内藤恭三郎どのが殺されました」

栄次郎は口にした。

しかし、十兵衛は何も言わずに小屋に入ろうとした。

「十兵衛どの、お待ちください」

十兵衛は振り向いた。

「十兵衛どのですか。十兵衛どのの仕業ですか」

栄次郎は迫るようにきいた。

「違う」

十兵衛は戸を開けて小屋に入った。

刀身を見せてくれとは言えなかった。十兵衛の仕業だという証はないのだ。

きょうも虚しく、栄次郎は引き揚げた。

お秋の家で、三味線の稽古と曲作りに向かった。ときおり、雑念が入り込んだが、なんとか追い払い、夢中で三味線を弾いていると、障子が開いてお秋が入って来た。行灯に火を入れに来たのだ。部屋の中は薄暗くなっていた。

お秋が出て行って、しばらくして新八がやって来た。

「新八さん、ご苦労さまです」

栄次郎は三味線を片づけ、改めて新八と差し向かいになった。

「金右衛門はあれからやはり、吉池房次郎の屋敷に行きました」

「そうですか。で、吉池どのの動きは？」

「わかりません。金右衛門は厳しい顔で屋敷から出て来て、そのまま田原町の自分の家に戻って行きました」

「奉行所に行く気配はないのですね」

「ありません」

「やはり、吉池どのは仲間を集め、十兵衛どのを襲うつもりかもしれませんね。しかし、吉池どのは内藤どのの二の舞になりかねない」

栄次郎は房次郎を引き止めなければならないと思った。

「新八さん。吉池どのの屋敷に案内していただけませんか」

「これから行きますか」

「ええ、その前に、金右衛門のところに寄ってみます」

そう言い、栄次郎は刀を持って部屋を出た。

階下に行くと、お秋が出て来て、

「栄次郎さん、お帰りですか。今夜、旦那がやって来るんですけど」

「すみません。崎田さまによろしくお伝えください」

「そう。気をつけてくださいね」

栄次郎が難しい問題に首を突っ込んでいることを察していて、お秋は気づかった。

「だいじょうぶです。心配要りません。では」

お秋に見送られて、栄次郎と新八は外に出た。

まだ外は微かに明るさが残っていた。田原町の金右衛門の家に着いたときにはだいぶ暗くなっていた。

戸を開けて土間に入り、番頭に金右衛門を呼んでもらった。

金右衛門はすぐに出て来た。

厳しい顔で、栄次郎のもとにやって来た。

「吉池どのと話し合われたか」

栄次郎はきいた。

「はい」

金右衛門は暗い表情で頷き、

「吉池どのは奉行所に行ってはならぬと怒りました。行くなら、俺の名を出すなと」

「つまり、内藤どの、坂部どののふたりに罪を押しつけろと言うわけか」

「そうです」

「で、吉池どのはふたりの仇を討つつもりか」

腕の立つ者を何人か集め、十兵衛を襲うつもりではないか。栄次郎はそうきいた。

「いえ、あのお方にはそのような気概はありません。内藤さまでさえ敵《かな》わない相手に太刀打ち出来ないと諦めています。しばらく、屋敷から一歩も外に出ずにいて、ほとぼりが冷めるのを待つつもりのようです」

「なんという卑怯な」

「ですから、今宵の内藤さまの通夜、明日の葬式にも出ないとのこと」

「呆れた。しかし、いつまでも閉じ籠もっていられまい。どうするつもりだ？」

「あのお方は卑怯ですが、悪知恵は働きます。おそらく、何か思惑があるように見受けられました」

「思惑？　なんだ、それは？」

「わかりません」

栄次郎は吉池房次郎が何を考えているかが気になった。

「そなたはどうするのだ？」

「奉行所にですか。私もしばらく、思い止《とど》まります。吉池さまの思惑の結果を待ってから、考えます」

「それまで、どう自分の身を守るつもりだ」

「私も夜は外出を控え、用心いたします。私より先に吉池さまのほうが狙われるでしょうから」

「そなたは、うまくいけば、この危機からうまく逃れられると思っているようだな」

「いえ、決して」

「金右衛門。あとで後悔するような真似だけはしないほうがいい」

「吉池さまの思惑しだいでございます」

金右衛門は狡そうな笑みを浮かべた。

「また、来る」

栄次郎はそう言い、金右衛門の家を出た。

「吉池房次郎は何を考えているのでしょうか」

「そんな秘策があるとは思えませんが」

栄次郎はどんな手があるか思いつかなかった。

「いずれにしても、そんなに用心しているなら、夜の訪問では取り合ってくれそうもありません。吉池どのの屋敷に行くのは明日の昼間にしましょう」


翌日の昼間。栄次郎は新八の案内で駿河台《するがだい》にある吉池房次郎の屋敷に行った。

父親の房右衛門《ふさえもん》は五百石の大番組頭であり、長屋門の両側に長屋が建っている屋敷だ。栄次郎は門番所に行き、

「矢内栄次郎と申します。吉池房次郎さまにお目通りを願いたく、お取り次ぎをお願いいたします」

と、いかつい顔の門番に告げた。

「房次郎さまは、どなたにもお会いになられぬ。お引き取りをくだされ」

門番は冷たく追い払う。

「大事なお話があって参りました。どうぞ、お取り次ぎを」

「ならぬ。お帰りなされ」

門番は乱暴に言う。

栄次郎は諦めて引き揚げた。

「吉池房次郎に会えそうもありませんね」

新八がため息混じりに言う。

「きょうは内藤恭三郎の葬儀ですね。もう、柩《ひつぎ》は屋敷を出たのでしょうか」

「行ってみましょうか」

内藤家の屋敷は小川町にある。そこに足を向けた。

屋敷は静かだった。柩は菩提寺にすでに運ばれたらしい。

「ちょっときいてきます」

新八が門番所に向かった。

すぐ戻って来た。

「菩提寺は本郷の本妙寺《ほんみようじ》だそうです」

「行ってみましょう」

もしかしたら、吉池房次郎は顔を出しているかもしれない。

昌平橋を渡り、湯島聖堂の前を通り、栄次郎と新八は本郷にやって来た。

本妙寺の山門を入ると、読経の声が聞こえてきた。本堂に向かう。入りきれない参列者がかなり境内にいた。

栄次郎は本堂の外から恭三郎のために手を合わせた。お咲やおのぶをいたぶった末に殺した非道な人間であっても、こうして仏になったからには冥福を祈らざるを得ない。

読経が終わり、しばらくして、本堂からひとが出て来た。白い肩衣《かたぎぬ》に小袖の武士たちだ。これから、亡骸を墓地に埋葬するのだろう。

ふと、風格のある武士を見つけた。大園主善だ。内藤恭三郎の剣術の師である。主善は厳しい顔で本堂から廊下を伝って行った。

吉池房次郎を探したが、見当たらない。やはり、参列していないようだ。栄次郎は次に境内の中を見回した。

ひょっとして、十兵衛が来ているのではないかと思ったのだが、それらしき姿は見出せなかった。

栄次郎と新八は山門を出た。

はたして、吉池房次郎は何を考えているのか。そのことが妙に気になった。

五

その日の夕方、栄次郎は天空寺にいた。

本堂の脇から物置小屋を見ている。十兵衛が出て来るのを待っていた。もし、十兵衛が出かけるならあとをつけるつもりだった。

最近、十兵衛は外出をしている。内藤恭三郎が斬られた夜も出かけていた。十兵衛が坂部稲次郎と恭三郎を斬ったかどうかわからない。

だが、可能性はあるのだ。

物置小屋の戸が開いた。十兵衛が出て来た。

ゆっくり、本堂の脇を通り、山門に向かう。栄次郎は息を呑み、気配を消して十兵衛を見送った。

十兵衛が山門を出てから、栄次郎はあとを追った。

十兵衛は新堀川を渡り、阿部川町に入り、そのまままっすぐ御徒町のほうに向かった。栄次郎はあとをついて行くが、十兵衛ほどの剣客が気づいていないはずはない。

だが、十兵衛の足取りはまったく変わらない。

下谷広小路に向かう手前に大きな寺があった。十兵衛はそこの山門に入った。左手に鐘撞堂《かねつきどう》がある。そのほうに向かった。

さらに行くと植え込みを過ぎて、脇門があった。その門を出た。栄次郎も用心深く、間を置いて門を出た。

木立の中にふたつの影が見えた。目が暗闇に馴れてくると、相手の男の輪郭がおぼろげに見えてきた。
二十五、六歳の侍だ。木剣を手にしていた。
十兵衛も木剣を握っている。若い侍が木剣を振りかざして十兵衛に向かって行った。鋭い打ち込みだ。だが、軽く弾かれ、若い武士はよろめいた。

踏ん張って、若い武士は再び振りかざして行った。次の瞬間、武士の手から木剣が飛んだ。

すぐに木剣を拾い、突撃していく。

栄次郎は呆然と見ている。十兵衛は武士に剣術の稽古をつけているのだ。その稽古は一刻（二時間）近く続いた。

武士はふらふらになっている。だが、十兵衛は息も乱れていない。

「これまで」

十兵衛が声を発した。

「はい」

武士が息苦しそうに応じる。

十兵衛は武士に自分が使っていた木剣を渡した。栄次郎は木の陰に身を隠す。

十兵衛は再び、門から寺の境内に入った。その後ろ姿に、武士は頭を下げて見送った。栄次郎はそのまま動かなかった。

武士がよくやく二本の木剣を持って引き返した。栄次郎はあとをつける。

武士は上野元黒門町《もとくろもんちょう》に入った。両側には小商いの店が並んでいるが、どこも戸が閉まっている。

武士は長屋に入って行った。栄次郎が木戸に足を踏み入れたとき、武士は一番奥の家に消えた。

栄次郎は路地に入る。一番奥に行く。だが、中の様子はわからない。栄次郎は引き返した。

翌日、栄次郎は新八に頼んで若い武士のことを調べてもらった。

長屋木戸のそばで待っていると、新八が長屋から出て来た。

「わかりました。あの武士は村尾精一郎《むらおせいいちろう》というそうです。母親とふたり暮しです」

「村尾……」

聞いたことのない名だ。

十兵衛とどのような関係かわからないが、十兵衛から剣術を習っているのだから親しい関係にあるようだ。

ただ、もし、十兵衛が連日、村尾精一郎に剣術の稽古をつけているとしたら、内藤恭三郎を斬ったのは十兵衛ではないことになる。むろん、坂部稲次郎を斬ったのも別人だ。

ただ、連日ではないかもしれない。精一郎に稽古した日をきけば、はっきりする。だが、精一郎がほんとうのことを言うだろうか。ふたりが親しい関係にあるとしたら、口裏を合わせることも考えられる。

栄次郎は迷ったが、十兵衛を通り越して精一郎に会うことは避けるべきだと思った。精一郎との関係は十兵衛にきくべきだと思った。

「十兵衛どのに会ってみます。新八さんは吉池房次郎を見張ってくれませんか。動きだすかもしれませんから」

「わかりました」

栄次郎は新八と別れ、天空寺に向かった。

山門をくぐると、すでに講義は終わっていて、子どもたちが境内で遊んでいた。

栄次郎は物置小屋に向かった。

「失礼します」

栄次郎は戸を開けた。

だが、十兵衛はいなかった。出かけたのかと思っていると、背後でひとの気配がした。振り向くと、十兵衛が水の入った桶を持って立っていた。

栄次郎は場所を開けた。十兵衛は土間に入り、隅にある瓶に水を移した。

「ゆうべ、なぜ、あとをつけた?」

十兵衛はやはり気づいていたのだ。

「村尾精一郎どのとはどのようなご関係なのですか」

栄次郎がきくと、十兵衛の目が鈍く光った。

「そなたに関係ない」

「そうかもしれません。でも、知りたいのです」

「よけいなことだ」

「あなたは向田市十郎さま」

「わしは十兵衛だ」

「連夜、村尾精一郎どのに稽古をつけておられるのですか」

「答える必要はない」

「あります。もし、連夜であれば坂部どのや内藤どのを斬ったのはあなたではないことになるからです。教えてください」

栄次郎は食い下がった。

「仲間の吉池房次郎どのは、あなたがふたりを斬ったと思い込んでいます。このままでは、吉池どのがあなたに何か仕掛けてくるかもしれません。あなたではない証を、吉池どのに突き付けたいのです」

「帰っていただこう」

「それだけでも教えてください」

「言っても、信じられなければ無駄だ」

「信じます」

栄次郎は十兵衛の目を見て言う。

十兵衛は睨み返してから、

「毎夜だ」

と、答えた。

「そうですか。わかりました。失礼します」

十兵衛は嘘をついていない。内藤恭三郎と坂部稲次郎を殺したのは十兵衛ではない。そう思った。

吉池房次郎の思い込みを改めさせなければならない。

栄次郎は天空寺を出ると、房次郎の屋敷がある駿河台に向かった。なんとしても、房次郎に会うのだ。その思いで、栄次郎は向柳原から佐久間町を過ぎて、昌平橋に向かった。

どんな秘策を練っているのかわからないが、何をしようと十兵衛に通用しないはずだ。だからといって放っておいていいものではない。

駿河台の吉池家の屋敷に近付き、栄次郎は辺りを見回した。どこぞに、新八が潜んでいるはずだ。

背後でひとの気配がした。振り向くと、新八だった。

「まだ、出て来ません」

新八が近付いてきて言う。

「新八さん。十兵衛どのはやはり、ふたりを殺していません。もし、吉池どのが誤解をしているようなら、誤解を解きたいのです。もう一度、訪ねてみます」

「でも、門番が取り次いでくれるとは思えませんが」

「粘り強く頼んでみます」

「そうですね」

新八もふと厳しい顔になり、

「わかりました。もし、頼んでもだめだったら、あっしが屋敷に忍び込んでみます。吉池房次郎に会って、栄次郎さまの思いを伝えます」

「新八さん。ありがとう。まず、その前に、門番に頼んでみます」

そう言い、屋敷の門に向かいかけて、栄次郎は足を止めた。潜り戸が開いたのだ。誰かが出て来た。長身の侍だ。

「あれは吉池どのだ」

栄次郎は声を上げた。

房次郎の背後に供の者がふたりいた。

栄次郎は近付いて行く。いきなり、供の者が房次郎をかばうように立ちふさがった。

「吉池どの。お話があります」

栄次郎は声をかけた。

「矢内栄次郎か」

房次郎が眉根を寄せ、

「話とはなんだ？」

「内藤さま、坂部さまを斬ったのは小野川十兵衛どのではありません」

栄次郎は一歩前に出て言う。

「何を言うか。あの侍以外にいない。恭三郎はあの男を討つと息巻いていた。返り討ちにあったのだ」

「いえ、内藤さまが斬られた頃、十兵衛どのは別の場所にいました」

「ばかな。あの者にたばかれおったか」

房次郎は一笑に付す。

「いえ、ほんとうです。私は十兵衛どのが毎夜、ある場所にいることを確かめました」

「そんなはずはない。内藤恭三郎も坂部稲次郎も同じように言っていたのだ。あの男は凄い使い手だと。大園道場で代稽古をつけているほどの恭三郎があっさり斬られた。それが出来るのはあの男だけだ。今度は俺を襲うつもりだ」

房次郎は憎々しげに顔を歪めた。

「そんなことはありません。しかし」

栄次郎は問いつめるように、

「仮に、そうだとしたら、どうするつもりですか。それほどの強敵です。いくら、仇を討とうとしても返り討ちに遭うだけではありませんか」

「あの者に勝てるお方がひとりだけいる」

房次郎は不敵な笑みを浮かべた。

「誰ですか」

「誰でもいい」

「教えてください」

「ならば教えよう。大園主善さまだ」

「えっ？」

栄次郎は耳を疑った。

「江戸一番の剣客であられる大園先生ならあの男に勝てる」

「ばかな。第一、大園主善さまが門弟の仇討ちに乗り出すとは思えません」

栄次郎は呆れたように続ける。

「主善さまは温厚な御方。けっして、そんなことで剣を持つような御方ではありません」

「そなたは何も知らないのだ」

　房次郎は冷笑を浮かべた。

「どういうことですか」

「恭三郎は大園先生の娘の婿になる男だったのだ」

「綾乃さまの？」

「ほう、そなたは綾乃さまのことを知っていたのか。そうだ、恭三郎は綾乃さまの婿になることになっていた。そして、いずれは大園道場を継ぐことになっていたのだ。主善さまにとっては婿の仇なのだ」

「…………」

　栄次郎は言葉を失った。

　そういう関係だったのかと、栄次郎は愕然としながら、主善の言葉が蘇った。

「娘の綾乃が栄次郎どのの三味線を傍で聞きたいと申しております。一度、願いを聞いてくださらぬか」

　そう言ったのは、主善の世辞なのだ。本心からではなかった。

　あのとき、主善は内藤恭三郎について好意的だった。

「天才的な剣士だ。二十歳を過ぎた頃には道場で敵《かな》う者がいなくなったほどだ。若くして師範代となった。そのことで慢心があったのかもしれない。道場でも厳しい稽古をするが、ふしだらな男とは思えない。いや、栄次郎どのの言葉を疑うわけではないが、私にはあの者がそのような非道な真似をするとはどうしても信じられぬのだ」

恭三郎の町中での行状を、主善は軽く聞き流した。綾乃の婿となる男だと聞けば、主善の答えも、むべなるかなという気がする。

だとすれば、主善は婿の仇を討つために動くかもしれない。

「吉池さま。内藤さまを斬ったのは十兵衛どのではありません。もちろん坂部さまもです。坂部さまを斬ったのは十兵衛どのだと、内藤さまは思い込んでしまったのです」

「そんなはずはない」

「吉池さま。もし、大園主善さまが十兵衛どのを討ったとしましょう。しかし、刺客が十兵衛どのではなかったらどうなさるおつもりですか」

「…………」

「腕の立つ内藤さまがあのような殺された方をしたのは油断していたからではありませんか。刺客が十兵衛どのだと思い込んでいたからです」

「ばかな」

　吉池の顔色が変わった。

「いえ。主善さまが十兵衛どのを討ち果たしても何もかわらないことになります。それだけでなく、主善さまにまったく無関係な人間を殺させてしまうことになります。あとで、このことがわかったら、どうなさるおつもりですか」

「しかし、恭三郎は……」

「ほんとうに十兵衛どのだと言っていましたか。もうしばらく待ってください。それまでに刺客を探してみます」

「探す？　どうやって探すのだ？」

「お咲さんやおのぶさんに近しい者が刺客を雇ったとも考えられます」

「まさか」

「考えられることはすべて調べてみます。吉池さまはしばらく屋敷から外に出ないほうがよいかもしれません」

「そなたの考えが合っているかどうかわからぬではないか」

　房次郎は反発した。

「もし、合っていたら取り返しのつかないことになります」

「うむ」

房次郎はため息をつき、

「わかった。そなたの言葉を信じよう。ただし、三日だ。三日待って、刺客がわからなければ、十兵衛が刺客だとみなし、大園先生に訴える」

「三日ですか」

「お咲やおのぶの周辺を調べるのにそんな時間はかからぬはず。三日もあれば十分だ」

「わかりました。三日のうちに調べます」

「よし。三日後に屋敷まで来い」

「わかりました」

房次郎は屋敷に引き返した。

栄次郎はほっと胸を撫で下ろした。大園主善と十兵衛は三十年近く前に壮絶な試合をした仲なのだ。

このような誤解に基づく遺恨がらみで闘わすわけにはいかなかった。

房次郎が門の中に消えてから、

「新八さん。神田明神境内の水茶屋のおのぶには孝助という兄がいるんです。竪大工町の大工の藤兵衛親方のところに住み込んでいます。この孝助について調べていただけませんか」

「孝助ですね。わかりました」

「孝助が妹の仇を討つために腕の立つ刺客を雇ったかもしれません。どうして、そんな刺客を知っていたのかはわかりませんが」

「では、これから行ってきます」

「すみません。私は念のためにお咲のほうを調べてみます」

栄次郎は新八と別れ、お咲が住んでいた浅草阿部川町の長屋にやって来た。長屋の住人にお咲と親しい人間、とくにつきあっていた男がいなかったかと尋ねたが、そういう男はいなかったという返事であった。

その夜、屋敷に帰った栄次郎は兄の部屋に行ったが、部屋の中は暗かった。そういえば、今夜は宿直《とのい》だったことを思い出した。

自分の部屋に戻ると、しばらくして母の声がした。

「栄次郎、入ります」

「どうぞ」

部屋の真ん中で座って待った。

母は向かいに腰を下ろしてから、

「きょう、岩井さまにお会いしてきました」

と、いきなり切り出した。

「何の御用で？」

栄次郎は警戒してきいた。

「そなたにふさわしい娘のことが気になりましてね」

あっと、栄次郎は思い出した。

「そなたはどうなのですか」

「ええ、まあ」

文兵衛は大園主善の娘の綾乃のことを考えていたのだ。文兵衛は内藤恭三郎のことを聞いていなかったようだ。

しかし、そのことを言って、母の縁談話が再燃すると困るので、栄次郎は曖昧に返事をした。

「うまくいきそうですか」

「さあ、そんなに急には」

「大園道場といえば、江戸で一番の道場。ですが、あなたは直参です。なにも、そのような……」

母は不満らしい。

「岩井さまも岩井さまです。栄次郎を町道場の主にするなんて」

「ひょっとして、母上は岩井さまに？」

「ええ、はっきり申し上げました。私は気に入りませんと」

「そうですか」

「そうですかではありません。あなたはれっきとした……」

母は言葉を詰まらせた。血筋のことを言おうとしたのだろう。

「ええ、私はれっきとした直参、矢内家の次男でございます」

「…………」

「母上。この話は岩井さまのお顔も立てなければなりません。もう少し、お見守りください」

「どういうことですか」

「いえ。じつは、岩井さまが何か勘違いなさっているようなので」

「どういうことですか」

「申し訳ありません。もう少しお待ちください」

栄次郎はしどろもどろになった。

あのとき、なぜ、文兵衛は綾乃を強く勧めたのだろうか。栄次郎はそのことが気になった。

第四章　刺客の行方

一

翌朝。陽がだいぶ上った頃、栄次郎は明神下の長屋に新八を訪ねた。

腰高障子を開けると、新八はあわてて起き出したところだった。

「すみません。寝過ごしました」

ふとんを畳み、枕屏風で隠して、新八が腫《は》れぼったい目で言う。

「ゆうべ、遅かったようですね」

「ええ、孝助のことを調べるうちに、牛込《うしごめ》に孝助が修繕をした剣術道場があると知り、そこまで行ってきたんです。孝助がそこの誰かに頼んだのではないかと思ったものですからね。でも、違いました」

新八は改めて、

「孝助は違いました」

「そうですか。違いましたか」

「はい」

「お咲のほうも、そんな様子はありませんでした」

「妙ですね。あっしらの気づいていない犠牲者が他にいるんでしょうか」

「待ってください」

栄次郎は思い出したことがあった。

お秋の家で、孫兵衛が言っていたのだ。

「おのぶとお咲だけでなく、以前にも、娘が手込めにされた事件があったそうです。三人は合意の上だとか、娘のほうから誘って来たと言っていたと」

栄次郎は暗い気持ちで、

「その娘は首をくくったそうです」

と、言った。

「まさか、その娘に関わりがある者が？」

新八もはっとしたように言う。

「なんとも言えませんが、調べてみるべきでしょう。まず、磯平親分から、その娘のことで詳しい話を聞かないと」

「さっそく、磯平親分を探しましょう」

新八は立ち上がった。

「朝餉は？」

「いえ、まだ、腹は空いていません」

「そうですか。じゃあ、行きましょう」

栄次郎と新八は長屋を出た。

磯平とは佐久間町の自身番の前で会うことが出来た。

「親分。ききたいことがあります」

同心が睨んだ。同心も、栄次郎と崎田孫兵衛の関係を知っているので露骨な態度はみせないが、こそこそ動いていることに不快な気持ちでいるらしいことはわかる。

「向こうに行きましょう」

栄次郎は磯平を神田川のほうに誘った。

「矢内さま。なんですね」

磯平も同心のほうを気にしながらきく。

「おのぶとお咲だけでなく、以前にも、刃桜組の連中に娘が手込めにされた事件があったそうですね。その娘は首をくくったと」

「ええ、ありました」

磯平は困惑した顔つきで答える。

「どこの誰だか、教えていただけませんか」

「いったい、何を調べるのですか」

「その娘と関わりある者が刺客を雇い、刃桜組の連中に復讐をしているのではないか。そう思ったものですから」

「さあ、どうでしょうか」

磯平は小首を傾げ、

「娘には二親も兄弟も許嫁《いいなずけ》もいました。でも、娘は自分で首をくくったわけですから、お咲やおのぶの場合とは少し違います」

「でも、なぜ、首をくくらなければならなかったのかを考えたら……」

「無駄だと思いますが、その娘は池之端仲町《いけのはたなかちょう》の料理屋の女中のおなかです。住まいも仲町です」

場所を聞いてから、

「親分、すみません」

と、栄次郎は礼を言う。

「いえ、じゃあ、あっしは」

磯平は同心のほうに駆けて行った。

「行ってみましょう」

「へい」

栄次郎は新八といっしょに御成道《おなりみち》を池之端仲町に向かった。

おなかの住んでいた長屋に行ったが、おなかの家族はすでに引っ越したあとだった。

今は巣鴨《すがも》のほうにいるという。

「栄次郎さん。あっしがひとりで行って来ます」

「そうですか。すみません。私はひとと会う用があるので」

「任しておいてください」

新八は胸を叩いた。

昼下がり、栄次郎は小石川のいつもの寺の離れで、岩井文兵衛と会った。

「お呼び立てして申し訳ございません」

今朝、使いを出して呼び出したことを、栄次郎はまず詫びた。

「そのことより、母御のことだな」

文兵衛は苦笑した。

「はあ、それもありますが」

「母御にさんざん叱られた。栄次郎を町道場の主にするとは何ごとだとな」

「母が、ですか」

「さよう。たいへんな剣幕であった」

母はただ文兵衛から話を聞いてきただけだと言っていたが……。

「申し訳ございません。ご迷惑をおかけしました」

「いや。母御の気持ちはもっともなこと。そなたの出自《しゆつじ》を考えたら、町道場の主などとんでもない話であろう」

「はい」

「三味線弾きとして身を立てたいという栄次郎どのの気持ちを知ったら、母御はどうなるであろうな」

「おそらく、卒倒するだろうと」

「そうであろう。武士の身分を捨ててまでという思いは受け入れがたいであろうな」

「はい。私にとって母が一番の大きな問題でございます」

栄次郎は言ってから、

「それはさておき、この前も申しましたように、私はまだ嫁をもらう気はありませぬ。どうか、そのことは……」

「そうか、いい話なのだがな」

やはり、文兵衛は綾乃に許嫁がいたことを知らないようだ。そのことを口にしようとしたが、その許嫁の内藤恭三郎はすでに死んでいるのだから、なんら問題はないではないかと言い含められそうなので、言葉を呑み込んだ。

「御前。そのことより、大園主善さまの門弟の内藤恭三郎さまと坂部稲次郎さまのふたりが何者かに殺されたことをご存じでいらっしゃいますか」

「うむ。相手は凄まじい腕だそうだの」

文兵衛は眉根を寄せ、苦悩を滲ませた。

「はい。ふたりとも脳天から斬られておりました」

「天下の大園道場のふたりがあっけなく斬られたことは主善どのの心痛察して余りある。大園道場の名に傷がつかねばいいのだが」

「大園道場の名?」

「そうだ。内藤恭三郎は代稽古をつけるほどの者。それが敵《かな》わない相手がいるということだ。大園道場もたいしたことはないと思われたら、入門者も減るかもしれぬ」

そういう考えもあるのかと、栄次郎は衝撃を受けた。恭三郎が綾乃の許嫁であろうがなかろうが関係なく、主善は道場の名誉を守るために刺客に立ち向かうことは十分に考えられる。

「御前。じつは刃桜組のひとり吉池房次郎どのは内藤どのと坂部どのを斬ったのは小野川十兵衛こと向田市十郎だと信じています」

その経緯を話して、

「吉池どのは、このことを大園主善さまに告げ、主善さまに刺客を討ってもらおうと考えているのです。しかしながら、刺客は十兵衛どのではありません」

「…………」

文兵衛は厳しい顔で押し黙った。

「御前。この際、あとで大きな誤解を生じさせないためにも、十兵衛どののことを主善さまにお話し申し上げたほうがよろしいのではないでしょうか」

「十兵衛が刺客でないとはっきり言えるのか。証はあるのか」

「いえ。十兵衛どのの言葉です」

「信じられるのか」

「はい」

「なぜだ？」

「お咲のために仕返しをするほど、十兵衛どのはお咲のことを知りません」

「栄次郎どの。なぜ、今回のことをお咲のための仕返しと考えるのだ」

「えっ？」

「十兵衛は大園道場の門弟だから殺したとは考えられぬのか」

「なぜ、十兵衛どのがそのようなことを？」

「さっきわしが言ったことだ。代稽古を務める者が簡単に斬られたことで、大園道場の名声を地に落とす狙いがあったとは思えぬか」

「まさか……」

「かつて壮絶な闘いを演じたが、三十年後の今日、ふたりには大きな差が出来ている。五十嵐大五郎は五百石の旗本大園弥兵衛の娘婿になり、男の子を設け、妻女が病死したあと、若い後添いをもらい、娘が出来た。十年前、長男に家督を譲り、自分は神田三河町に道場を開いた。だが、一方の向田市十郎は西国の大名家の剣術指南役になったものの、持ち前の峻烈な性格が災いし、藩主の怒りを買い、追放された。その後は、まったく消息は途絶えた」

文兵衛はぐっと顔を突き出して、

「その市十郎は今や物置小屋に住む老剣士だ。大園主善と名乗り、今や江戸で一番と評判の道場主で長男は旗本大園家を継ぎ、孫までいる五十嵐大五郎に対して、心穏やかでいられようか」

「決して十兵衛どのはそのような御方ではありません」

「栄次郎どのは十兵衛に主善どののことを話したのではないか。そのことを聞いて、十兵衛は嫉妬から、大園道場の評判を落とそうとした。いや、さらに言えば、主善を挑発し、再度決闘を挑もうとしているのではないか」

「考えられません」

「内藤恭三郎、坂部稲次郎のふたりとも脳天から一刀の下に斬られていたそうではないか」

「はい」

「内藤恭三郎に対してそこまで出来るのは向田市十郎の十兵衛しかおるまい」

「御前も十兵衛どのにお会いすればわかります。確かに偏屈な人間です。ですが、決して、曲がった人間ではありません。何ものにも妥協せず、また何ものにも媚びず、ひたすら己を貫いた果てであろう、その修行で培《つちか》った気品のようなものがあります。十兵衛どのは何かを企み、何かを計算して、己の欲望を満たそうとする人間ではありません」

栄次郎は夢中で反論した。

「栄次郎どのは」

と、文兵衛は苦笑した。

「ずいぶん、十兵衛どのを贔屓にする」

「いえ、贔屓ではありません。いまだに、十兵衛どのは私を相手にしてくれません。人間として好きになれるとは思えません。ですが、邪《よこしま》な御方ではありません」

「…………」

文兵衛は黙って頷いた。

「御前。私は、主善さまと十兵衛どのに遺恨を交えた再会をして欲しくないのです。吉池どのが誤解したまま十兵衛どののことを主善さまに話したら、また今のような嫉妬のような話を主善さまに話したら……」

「栄次郎どの」

片手を挙げて、文兵衛は栄次郎の言葉を制した。

「主善どのは、そのような言に惑わされ、軽率なことをする男ではない。わしが何を言おうが、吉池という男が何を告げようが、己の目で確かめない限り、動きださぬ」

「内藤恭三郎どのが綾乃どのの許嫁だったとしても、主善どのは血気に逸《はや》ることはありませぬか」

「なに、綾乃どのの許嫁？」

やはり、文兵衛は知らなかったようだ。

「吉池どのが言ってました。主善さまは娘の許嫁の仇は討とうとするはずだと」

文兵衛は表情を曇らせた。

「なぜ、主善どのは……」

そう言ったきり、文兵衛は口を真一文字に結び、恐ろしい形相で押し黙っていた。


その夜、栄次郎が屋敷に帰ると兄に呼ばれた。

兄の部屋で差し向かいになる。

「栄次郎、内藤恭三郎、坂部稲次郎のふたりが殺された件、どうなのだ？」

「お咲、おのぶに関わりある者が腕利きの刺客を雇ったのではないかと考え、調べてみましたが、そのような形跡はありませんでした。ただ、あとひとり、おなかという犠牲者がおり、このほうを新八さんに調べてもらっています」

「そうか」

「兄上のほうはいかがですか」

内藤恭三郎に妻を辱められた者からの訴えがあったという。その後、妻は自害したということだ。

「差出人の名はわかったのですか」

「わかった。微禄の御家人だ。その後も、内藤恭三郎の悪事の訴えは出て来た。ある程度の証もある。取り調べが出来ると思っていた矢先に、立て続けにふたりが殺された」

兄は無念そうに言う。

「その訴えを起こした中に、刺客を雇った者がいるとは思えませんか」

「いや。まず、いないだろう。刺客を雇った人間は訴え出ないだろうからな」

「そうですね」

やはり、おなかの線に期待するしかない。

「もう少し、証が揃ったら、吉池房次郎を取り調べるつもりだ」

「出来ましたら、吉池房次郎を早く捕まえたほうがいいと思います。刺客に殺されないうちに」

「そうよな。わかった。明日にでも、取り押さえよう」

房次郎と約束した三日の期限は明後日なので、明日は房次郎は屋敷から出ないはずだ。

「三人に手を貸していた金貸し金右衛門もいずれ奉行所に出向くはずです。二人の死は残念ですが、吉池房次郎と金右衛門がいれば、刃桜組の三人の罪を明らかに出来ましょう」

栄次郎は言ったあとで、

「それにしても、誰が刺客を雇ったのか」

と、呟いた。

廊下に足音がした。

「栄次郎さま。こちらでいらっしゃいますか」

女中の声がした。

「はい。兄の部屋です」

「新八さんがお見えです」

「ここに通して」

兄が襖越しに女中に言った。

女中の案内で、新八がやって来た。

「夜分にすみません」

新八は兄と栄次郎に交互に頭を下げた。

「新八。いつもごくろうぞ」

兄が声をかける。

「いえ、こちらこそ」

「新八さん。何かわかりましたか」

「へい、おなかの家族は巣鴨村《すがもむら》で過ごしていました。じつは、母親の話では、おなかは内藤恭三郎たちと何かあったというわけではないと言ってました。ただ、許嫁の男が、勝手に何かあったと思い込み、おなかに一方的に別れを告げたそうです」

「では、おなかが首をくくったのは……」

「そうです。許嫁に捨てられたからだそうです。家族が恨んでいるのは許嫁の男で、内藤恭三郎たちのことはまったく」

「そうでしたか」

栄次郎は呆然とした。

そして、再び、十兵衛の顔が脳裏を掠めた。

毎夜、村尾精一郎に稽古をつけていると言っていたが、栄次郎がそれを確かめたわけではない。やはり、村尾精一郎に確かめる必要がある。

振り出しに戻ったような倦怠感に襲われそうになったのを、栄次郎は下腹に力を入れて気力を蘇《よみがえ》らせた。

二

翌朝、栄次郎は湯島切通しを下り、上野元黒門町の町中に入った。村尾精一郎の住む長屋木戸を抜け、一番奥の住まいに行く。

迷った末に、栄次郎は思い切って戸を開けた。

「お邪魔します」

すると、薄暗い部屋にふたつの影が揺れた。

精一郎と母親らしい年配の女だ。

「どちらさまですか」

精一郎が上がり框まで出て来て、正座をした。

「矢内栄次郎と申します。小野川十兵衛どののことでお話をお伺いしたいのですが」

「小野川さまのこと？」

精一郎は凜々《りり》しい眉を微かにひそめた。

「私は少し十兵衛どのと顔見知りでございます。毎夜、近くの寺の脇の空き地で剣術の稽古をされておいでですね」

「ええ」

精一郎は不審そうな顔になる。

「毎夜でございますか。欠けた日はございましょうか。たとえば、この十日間で、稽古が休みだったことはおありでしょうか」

「失礼ですが、なぜ、そのようなことをお訊ねになりますか」

精一郎は厳しい顔をした。

「詳しいことは申し上げられませんが、十兵衛どのにあらぬ疑いをかけようとしている者がおります。しかしながら、この十日間、一日足りとも稽古を休まず、毎夜、暮六つ（午後六時）から六つ半（午後七時）頃まで、あなたさまといっしょだったことが明らかになれば、疑いを晴らすことが出来るのです」

「そうですか。毎夜、稽古をつけてくださいます。昨夜もです。嘘、偽りはございません。なれど、私の言葉で証になりましょうか。十兵衛どのと示し合わせていると疑われでもしたら、いかがなさいますか」

「私はあなたのお言葉を信じます。私が十兵衛どのの味方となって、疑いを晴らすように努《つと》めます。夜分、失礼しました」

そう言ったあとで、

「失礼ですが、十兵衛どのとはどのような間柄なのでございましょうか」

と、栄次郎はきいた。

「一年前になります。母とふたりで浅草寺に行った帰り、酔っぱらった浪人に絡まれていたお年寄りがいました。私は助けに入ろうとしましたが、浪人は刀を抜いたもののお年寄りに斬り込めずにいるのです。そのうち、浪人は逃げ出しました。私はその年寄りは相当な剣客に違いないと思い、教えを乞おうと声をかけたのです。それが小野川さまです」

「それから稽古を？」

「はい。最初は毎夜、雨の日でも稽古をつけてくださいました。半年経ってからはつい最近まで三日に一度でしたが、この十日前からまた毎夜」

「なぜ、十日前から毎夜になったのでしょうか」

「極意《ごくい》を伝えると仰ってくださいました」

「極意ですか」

栄次郎は不思議に思いながら、

「じつは先日、稽古を見させていただきました。ただ、あなたが木剣で打ち込んでいるだけでしたが……」

「ええ。ですが、あのとき小野川さまは目を閉じています」

「目を閉じている？」

「はい。私が打ち込んでもことごとく弾き飛ばされました。小野川さまは心の目、肌に感じる風の流れなどを読んでいるのです」

しかし、それは何も十兵衛だけの極意ではない。栄次郎も真剣勝負のとき、目を閉じ、心の目で相手と対峙《たいじ》したことがある。

「それが極意なのですか」

「いえ、心の目で向き合っている敵を倒す術です。自然体で立っている相手をいかに倒すか。小野川さまは目を開いたままで、心の目を開けと」

あっと、栄次郎は唸った。心の目を開くためには目を閉じなければならない。目で見えるものを見ず、見えないものを見る。極意とはそのことかと、栄次郎は驚嘆した。

改めて、十兵衛の偉大さに気づかされた思いだ。

ただ、不思議なのは、あの十兵衛がなぜ、精一郎に極意まで教示しようとしているのか。栄次郎はそのことを尋ねた。

「さあ、私にもわかりません。ただ……。いえ、なんでもありません」

「そうですか。わかりました。突然、押しかけて申し訳ありませんでした」

栄次郎は礼を言って立ち上がった。

長屋を出て、栄次郎はその足で、駿河台に向かった。

吉池房次郎に会い、十兵衛が刺客ではないことをはっきり伝えなければならない。

ただ、誰が刺客を雇ったのか皆目見当がつかないことが心残りだった。

吉池家の屋敷に近付くと、新八が待っていた。

「栄次郎さん。なんだか朝から屋敷の様子がおかしいんです」

「おかしいとは？」

「屋敷のひとの出入りが激しいんです。さっき、数人屋敷を出て行きました」

「何かあったのでしょうか」

房次郎は屋敷に閉じ籠もりきりのはずだ。すると、それ以外の屋敷の人間に何かあったのだろうか。

「ともかく、行ってみましょう」

栄次郎は門に向かった。

門番が厳しい顔で見ている。

「矢内栄次郎と申します。房次郎さまにお取り次ぎくだされ。約束がしてあります」

栄次郎は門番に声をかけた。

「今、取り込み中だ。また、改めて来られよ」

「何かおありですか」

「いや、なんでもない」

そのとき、数人の一団が見えた。こっちにやって来る。大八車を牽いている。その両脇に侍が数人いた。

なんの荷かと思いながら見ていると、戸板の上に何かが乗ってその上に莚がかけられていた。

栄次郎ははっとした。亡骸ではないのか。

栄次郎は大八車に近付いた。やはり、ひとが横たわっている。

「どなたでございますか」

栄次郎は先頭の侍にきいた。

侍は答えようとしない。

「まさか、房次郎さまでは？」

栄次郎は自分でも声が震えるのがわかった。侍が微かに頷いたのがわかった。

「いったい、なにがあったのですか」

大八車から房次郎を乗せた戸板を下ろし、四人がかりで屋敷内に運び入れた。大八車を牽いてきた中間《ちゅうげん》ふうの男に、

「なにがあったのですか」

と、栄次郎はきいた。

「今朝、湯島聖堂裏の雑木林の中で死んでいるのを通行人が見つけたそうです。なかなか身許がわからなかったそうで、陽が上ってからお屋敷も大騒ぎになりました。詳しいことはわかりませんので」

「亡骸を見ましたか」

「戸板に乗せるとき」

「傷はどこに？」

「顔面の真ん中から胸にかけて筋のような傷がまっすぐ」

中間は顔を歪めた。

「もう行かないと」

中間は大八車を牽いて屋敷の裏手に向かった。

「同じですね」

衝撃がさめやらぬように、新八が言う。

「まさか、吉池どのが……。どうして屋敷を出たのでしょう」

栄次郎は不可解だった。

人一倍用心していたのに、どうして夜に屋敷を出て行ったのか。夕べの様子を知りたいが、栄次郎には吉池家に手蔓《てづる》がない。

「ともかく、聖堂裏に行ってみましょう」

栄次郎は坂を下り、昌平橋を渡って、湯島聖堂裏にやって来た。

そこに数人の男がいて、その中に磯平の顔があった。

栄次郎は近付いて行き、声をかけた。

「磯平親分」

「あっ、矢内さま」

磯平が難しい顔で近付いて来た。

「まさか、こんなことになるとは想像もしていませんでした。刃桜組の三人がみな殺されたんですからね」

「何か手掛かりは？」

「ゆうべの六つ半（午後七時）頃、須田町から池之端に向かう職人が昌平橋を渡ったあと、聖堂のほうに向かうふたりの武士を見ていました。ただ、そのうちのひとりが吉池房次郎だったかどうかはわかりません」

「死体を見つけたのは？」

「近くに住む隠居です。朝の散策をしていて死体を見つけ自身番に届けたんです。あっしが駆けつけるまで身許はわからなかったんです。あっしはホトケの顔を知っていたので」

　磯平は険しい顔になって、

「いってえ、どういうことなんでしょうか」

　と、縋るようにきいた。

「わかりません。ただ、被害に遭った娘たちの復讐ではないかもしれません。もっと、他にわけがあったのかもしれません」

「なんででしょう」

「吉池房次郎は用心して屋敷から出ないようにしていたのです。それなのに、屋敷を出た。そのことは何か手掛かりかもしれません」

「大園主善に会いに行ったんじゃないですかえ」

新八が言った。

「我らの返事が待てなかったのでしょうか」

栄次郎も不思議に思った。

「やはり、吉池家の屋敷に行ってききましょう」

「教えてくれますかね」

「当たるだけ当たってみましょう。親分、それではまた」

「矢内さま。何かわかりましたら、教えてください」

磯平が声をかけた。

栄次郎は新八とともに再び昌平橋を渡って駿河台の吉池房次郎の屋敷に行った。

屋敷は静まり返っているようだった。

栄次郎は門番のところに行った。

「房次郎さまはとんだことでした」

栄次郎は声をかけ、

「きょう、お会いする約束になっていたんです。残念でなりません」

と、続けた。

「そなたたちのことは房次郎さまから聞いていた。来たら、知らせるように言われていたのでな」

門番は口を開いた。

「そうでしたか」

栄次郎はしんみりして、

「ゆうべ、房次郎さまはいつ外出されたのですか」

「夕方だ」

「どんな用事だったのかわかりませんか」

「使いが来たらしい」

「使い？」

「大園道場からだ。だから、道場に行ったものとばかり思っていたそうだ。ところが、朝になっても帰って来ないので大園道場に問い合わせたら、そのような使いは出していないと言われたらしい」

「偽の呼び出しだったわけですか」

「そうだ」

「心当たりは？」

「ないはずだ」

「大園道場からというので、房次郎さまは信用してしまったのでしょうね」

「そうであろうな」

「今、お屋敷全体が悲しみに包まれているのでしょうね」

「いや、必ずしも、そうではあるまい」

「えっ、どういうことですか」

「房次郎さまはあまりに……。いや、よそう。亡くなられた御方を悪く言っては罰《ばち》が当たるかもしれぬ」

「房次郎さまの評判は芳《かんば》しいものではなかったのですか」

「まあ、そういうことだ。さあ、行ってくれ。いつまでも、無駄話をしておれんのだ」

　門番は栄次郎たちを追い払った。

「お邪魔しました」

　栄次郎は門番に挨拶をして、門から離れた。

「新八さん。私はこれから大園主善さまに確かめてみる」

「でも。呼び出しは偽だったんじゃないですかえ」

「ええ。そうですが、私がわからないのは、用心をしていたはずの房次郎がどうしてそんな偽の呼び出しに引っかかってしまったのかということなんです」

「…………」

「房次郎がほんとうだと信じ込むような何かがあったのではないかと思うんです。それが何かわかりませんが、大園道場に行けば何か手掛かりが得られるかもしれません」

「房次郎は信じたからのこのこ出かけたんですね。確かに、房次郎が信じる何かがあったんでしょうね」

「新八さん。すみませんが、金右衛門のところに行ってくれませんか。そして、早く奉行所に行くように急《せ》かしてください」

「わかりました。今度はおまえの番だと脅しつけてみましょう」

途中で、昌平橋を渡る新八と別れ、栄次郎は神田三河町に向かった。

大園道場の玄関に立ち、栄次郎は訪問を告げた。

道場から聞こえてくる竹刀《しない》のかち合う音や気合などに耳を奪われていると、稽古着姿の若い侍が出て来た。

「矢内栄次郎と申します。主善先生にお目にかかりたく、お取り次ぎを願いたい」

「少々、お待ちください」

若い侍は奥に向かった。

しばらく待たされて、微かな甘い香りとともに裾模様に梅の花をあしらった羽二重に身を包んだ若い女が現れた。

綾乃だ。美しい黒目が輝いている。

「矢内さまでございますね。私は主善の娘の綾乃でございます。申し訳ございません。父は先程、外出いたしました」

物怖じせずに、綾乃は言う。

「そうですか。ひょっとして、吉池さまのお屋敷に？」

「いえ、岩井さまとお会いになると申しておりました」

「わかりました。では、また出直します」

一礼したあと、栄次郎は思い出して、

「内藤さまのこと、ご心痛お察しいたします。どうぞ、お力落としなさいませぬように」

「はい。ありがとうございます。短い間に、三人もの門弟が亡くなり、父も心を痛めております」

栄次郎はおやっと思った。綾乃から、恭三郎を失った悲しみが伝わってこない。

「内藤さまは、あなたの許嫁とお聞きしましたが？」

栄次郎は不躾《ぶしつけ》を承知できいた。

一瞬、綾乃は表情を曇らせて、

「あの御方が一方的に……」

「一方的に？　でも、主善さまは？」

「父は、恭三郎さまのお父上から頼まれましたから」

綾乃は言いづらそうに言う。

「主善さまは、あなたと内藤さまの縁組には？」

「父も苦しい立場だったと思います。内藤さまは大園道場一の使い手。私の婿にして、道場を継がせる。それが最良の道と思いつつ、私の気持ちを知っておりましたから」

内藤恭三郎を綾乃の婿に迎える気は、大園主善になかったとしたら……。刃桜組と名乗って乱暴狼藉を働く恭三郎らの行状は、主善の耳にも入っていただろう。そんな男を婿にし、道場を継がせるわけにはいかない。

主善はそう思っていたとしたら……。

栄次郎は目眩《めまい》に襲われたような衝撃を受けた。綾乃にどう挨拶をしたか覚えていないほど、狼狽して大園道場を飛び出した。

三

栄次郎は小石川にある寺の離れに向かった。文兵衛と主善が落ち合うとしたらここだと思ったとおり、寺僧にきいたら離れに来ているとのことだった。

襖の前に座り、

「矢内栄次郎です。失礼いたします」

と、栄次郎は襖を開けた。

「お許しを得ずに勝手にお部屋に入るご無礼をお許しください」

部屋の真ん中で差し向かいになっていた文兵衛と主善に言った。

「構いません。栄次郎どの、こちらに」

主善が声をかけた。文兵衛も頷く。

ふたりとも深刻そうな顔をしている。

「失礼いたします」

栄次郎はふたりのそばににじり寄った。

「道場にお伺いしたところ、綾乃さまから岩井さまにお会いに行ったと伺い、ここだと思いました」

「さようか」

主善は頷く。栄次郎は主善の顔を見て衝撃を受けた。いっぺんに十も歳をとったかのように老人臭くなっていた。

「栄次郎どの。用件は？」

文兵衛がきく。

「坂部さま、内藤さま、そしてきのうの吉池さまが殺された件でございます。御前」

栄次郎は改まって、文兵衛を見つめた。

「御前は、前回、私の話から真相を摑んでいたのではないかと想像いたしました。いかがでありましょうか」

「うむ」

文兵衛はため息をつき、

「内藤恭三郎が綾乃どのの許嫁だと、栄次郎どのから聞いたとき、不審を持った。なぜなら、主善どのは綾乃どのの婿にそなたを望んだからだ」

そう言い、文兵衛は主善に目をやった。

主善は頷く。

「許嫁がありながら、なぜ栄次郎どのを綾乃どのの婿に望んだのか。内藤恭三郎の行状を考えれば、答えは明白だ。あのような者に娘はやれぬ。親であれば、そう思うはずだ。そして、決定的になったのは恭三郎がまったく手が出せずに斬られていることだ。恭三郎ほどの剣客を一刀の下に斬り伏せることが出来る者は限られている。そう考えたら、必然的に主善どのに疑いが向いた」

主善は黙って聞いている。

「なれど、確信があったわけではない。主善どのは生涯、人を斬ったことのない御方だ。いくら、思い余った末とはいえ、人を斬るだろうか。もしかしたら、栄次郎どのが話していた小野川十兵衛なる老剣士の仕業ではないか。そう思いもした。吉池房次郎が斬られたことを知り、もはや直接、主善どのに確かめねばならぬと考え、きょうここにお呼びしたのだ」

「して、主善さまは？」

栄次郎は覚えず膝を進めた。

「認めた」

文兵衛ははっきり口にした。

「岩井どのの仰るとおりでござる」

主善が口を開いた。

「内藤恭三郎は父親の恭右衛門どのから頼まれて、我が道場に入門させた。子どもの頃から凶暴な質《たち》であった。それを治したいという思いからだ。ゆくゆくは、綾乃の婿にして、道場を継がせる。それは恭右衛門どのの望みでもあり、私も内藤家と縁戚になれば、得るものも多いと考えた」

内藤恭右衛門は西丸小納戸頭取を務める一千石の旗本だ。大園道場だけでなく、長男が跡をとっている大園本家にも大きな利益だ。

「しかし、恭三郎の本性はなんら変わることはなかった。元来、思いやりに欠ける人間だから、代稽古をしても、門弟たちを育てようという気持ちはない。ただ、相手を叩きのめすだけだ。何度も注意をしたが、直ることはなかった。そんな恭三郎を綾乃も避けていた。何度か、私の留守中に綾乃を手込めにしようとしたことがある。綾乃に拒まれた腹いせか、いつもつるんでいた坂部稲次郎、吉池房次郎らと刃桜組などと称し、御家人の子弟らを子分のように従え、町で悪さをはじめた」

　主善は蔑むように口許を歪めた。

「三人の悪い噂はたくさん耳に入ってくるようになった。これで、綾乃との婚約の解消を言い渡したら、何をしでかすかわからない。なんとかしなければならないと思っていたところ、水茶屋や料理屋の女中に非道なことをした。もはや、これではいけないと、決起にいたったのだ」

「さようでございましたか」

　栄次郎はやりきれなさに襲われた。もっと、他に方法がなかったのかと、栄次郎は悔やんだ。

　が、ふと、栄次郎はある疑問を抱いた。

「もし、綾乃どのを救うためだとしたら、内藤恭三郎だけを斬ればよかったはず。なのに、坂部稲次郎、吉池房次郎のふたりを斬ったのはなぜですか」

「さっきも申したように、坂部稲次郎、吉池房次郎も恭三郎の同類だ。我が門弟であり、師である私が始末をしなければならぬと思ったのだ」

「でも、不行跡ならば、ふたりを破門にするだけでよかったはず」

　栄次郎は突っ込んできく。

「一度もひとを斬ったことがない主善さまが三人を斬ったことが腑に落ちません」

「あの三人は刃桜組などと称し、いつもいっしょにつるんでいた。三人を始末しない限り、ことは収まらなかったのだ」

主善は苦しそうな顔で言う。

「御前はいかが思われますか」

栄次郎は矛先を文兵衛に向けた。

「なにがだな？」

「主善さまが三人も斬ったわけです」

「やむを得なかったであろう」

文兵衛は寛容さを見せた。

栄次郎はまだ何か腑に落ちないものがあった。だが、それが何かわからないもどかしさに。栄次郎は歯嚙みをしたくなった。

三人を斬ったのは大園主善に間違いない。そのことは確かだ。しかし、三人の不行跡が問題ならば、道場を破門にすればよい。綾乃との縁談をないものとしたことで、恭三郎が暴れたら、そのときはじめて相手をすればよかったではないか。

そのほうが、人徳のある剣客としてかつて一度も人を斬ったことがない主善にふさわしい。

そう考えれば、主善が三人を斬った理由が弱くなる。これが血気に逸る若者ならばいざしらず、主善ほどの男がなぜ……。

栄次郎はそのこととともに、なぜ、文兵衛は主善に同情しているのかを考えた。

三人の不行跡により、主善にどれほどの不利益が及ぼされるのか。これが綾乃の婿になったあとの不行跡なら大園家の体面に傷がつくかもしれない。しかし、まだ、身内ではない。破門しさえすれば道場の体面は保てるのだ。

身内……。あっと、栄次郎は声を上げそうになった。

文兵衛が鋭い目をくれた。

「ひょっとして……」

三家とも、子息が殺されたにも拘わらず、あまり大騒ぎになっていない。ふつうなら、斬った人間を突き止めようと動くはずではないか。

栄次郎は文兵衛と主善の顔を交互に見て、

「主善さまはどなたかから懇願されたのではありませんか」

と、口にした。

主善の目が鈍く光った。文兵衛は目を見開いた。

「そうなのですね。内藤恭三郎の不行跡により、内藤家は多大の迷惑をこうむる。父君の恭右衛門さまにも累《るい》が及びかねない。坂部家、吉池家も同様……」

「栄次郎どの」

文兵衛が遮った。

「それ以上は慎まれよ」

「いえ、言わせていただきます。仮にそうだとしたら、主善さまおひとりに罪を背負わせることになるではありませんか」

栄次郎は続ける。

「主善さまひとりが悪者になるなんて。だとしたら、道場はどうなるのですか。綾乃さまはどうなるのですか」

「栄次郎どの」

主善は静かに言う。

「お願いがござる」

主善は真剣な眼差しになった。

「綾乃の婿になり、道場を継いでもらえぬか」

「なんですって」

栄次郎は耳を疑った。

「岩井さまから栄次郎どののことは聞いています。ゆくゆくは三味線弾きになりたいとのこと。しかしながら、剣の道も歩もうとしている。ならば、大園道場はうってつけだと思われる」

「お待ちください」

栄次郎はあわてて、

「私はまだ三味線のほうでも半人前。そのような二足の草鞋《わらじ》を履くような身ではありませぬ。それに、私はまだ、妻を娶るような身分ではありませぬ」

「いや、栄次郎どのなら、十分にやっていける。もし、栄次郎どのがあとを継いでくれるなら、私は今すぐにでも御目付の前に出て行くつもりだ」

「もし、断れば？」

栄次郎はきいた。

主善は軽く目を閉じて、しばらく瞑想していた。

やがて、やおら目を開け、主善は切り出す。

「私はまず最初に内藤恭右衛門どのから恭三郎の件を相談された。不行跡が目に余るようになり、このままではわが家は恭三郎のために多大な責任を負わせられるかもしれない。そのとき、内藤どのの他に坂部どの、吉池どのも同席していた。ふたりも同じようなことを訴えた。ある者の妻女を手込めにしたり、思いどおりにならなければ刀を振りまわす。このままでは、いずれ大きな事件を引き起こす。坂部どのも吉池どのも口を揃えて苦衷《くちゅう》を訴えられた」

「なぜ、主善さまに？」

「あの三人を斬ることが出来るのは私しかいないからと思ったのであろう。始末の悪いことに、恭三郎は腕が立つ。天分に恵まれていながら、恭三郎は邪悪な心に蝕《むしば》まれていた。だが」

と、主善は言葉を切った。

改めて、栄次郎の顔を真正面に見て、

「だが、私はすぐに応じたわけではない。私には家族もあり、道場もある。自分のことを考えなければならぬ。そんなときに、岩井さまから栄次郎どののことを聞いた。岩井さまが褒めたたえる栄次郎どのが跡を継いでくれたらと思った。そして、栄次郎どのにお会いして、私は決心をした。あとは栄次郎どのに託せばいいと」

主善は畳に手をつき、

「栄次郎どの。どうか、私の願いを聞き入れてくださらぬか。このとおりだ」

「…………」

栄次郎は返答に窮した。

もちろん返事は否である。しかし、そうしたら、主善はどうなるのだ。

「主善どの」

文兵衛は助け船を出すように言う。

「栄次郎どのとて、すぐには返事は出来ませぬ。このことは時間をかけて話し合いましょう」

「ごもっともでござる」

「主善どの。あとは私に任せていただきたい。よろしいですか」

「お任せいたしまする」

主善は厳しい顔で応じた。

「栄次郎どのも、わしに任せていただきたい」

「わかりました」

栄次郎ははっきりと答えた。

「では、私はこれから吉池家に行かねばなりませんので」

今夜は房次郎の通夜だ。また、房次郎の父親とも内密の話があるのだろう。

先に主善が引き挙げたあと、文兵衛が口にした。

「栄次郎どの。向田市十郎どのに会わせていただきたい」

栄次郎は虚を衝かれたようになった。

「御前。何をお考えですか」

「ただ、会ってみたいだけだ」

急に会いたいと言い出したことに、栄次郎は不安を持った。

「まさか、御前は……」

文兵衛は目を逸《そ》らした。


その日の夕方、栄次郎は天空寺の物置小屋に十兵衛を訪ねた。

村尾精一郎に稽古をつけに行く前の時間を、十兵衛は絵を描いていた。いつものように、観音像のようだ。

「十兵衛どの」

絵筆を置くのを待って、栄次郎は声をかけた。

「岩井文兵衛さまがぜひお会いしたいと申しております。お会いくださいませぬか」

「…………」

「よろしいでしょうか」

「昔話をするつもりはない」

十兵衛は撥ねつけるように言う。

「村尾精一郎どのに、なぜ稽古をつけているのですか」

「そなたに関わりないこと」

十兵衛は文机の上を片づけ、立ち上がった。

外に出た十兵衛を追って、栄次郎は山門に向かう。

十兵衛は何も言わずに寺を出て、新堀川を越え、御徒町を抜けて、精一郎との稽古の場所に向かった。

栄次郎がつけていることなどまったく意に介さない。

寺の脇の空き地にはすでに精一郎が待っていた。十兵衛は無言のまま、精一郎から木剣を受け取り、向かい合った。

辺りは暗くなってきた。風が木々の葉を揺らしている。

きょうは栄次郎は精一郎の背後にまわり、十兵衛を正面から見た。

精一郎は正眼に構える。十兵衛は目を閉じ、自然体で立つ。精一郎が打ち込む。十兵衛は弾き返す。

心の目で向き合っている敵を倒す術の教えを受けているという。自然体で立っている相手をいかに倒すか。目を開いたままで心の目を開く。精一郎はその極意を悟ろうとしているのだ。

何度も精一郎は立ち向かって行く。そのたびに、精一郎の木剣は弾き返される。だが、何度も向かって行くうち、十兵衛の動きに微妙な変化が起きた。

体を捻ったり、後退ったりして、精一郎の木剣を避けだしたのだ。

「それまで」

十兵衛が声を発した。

「今の呼吸を忘れるな」

「はい」

十兵衛は木剣を精一郎に渡し、踵を返した。

肩で息をしながら、精一郎は十兵衛を見送った。

栄次郎も精一郎の打ち込みを見ながら、頭の中で、自分も十兵衛に向かっていた。目を開いたままで心の目を開く。そのことを意識しながら十兵衛に打ち込んで行った。

「見事でした」

栄次郎は声をかけた。

精一郎が振り向いた。

「ご覧になっていたのですか」

「ええ、目を開いたままで心の目を開く。そのことを意識しながら見ていました。あなたは、その極意を悟られたようですね」

「いえ、まだまだです」

精一郎は息を整えながら答える。

「いえ、十兵衛どのの動きが変わりました」

「さあ、どうでしょうか」

「教えてください。十兵衛どのは、なぜあなたに稽古をつけているのでしょうか。決して、他人と交わろうとしない御方があなただけには、なぜ？」

「それは……」

精一郎は言いよどんだ。

「なんでしょうか」

「じつは、私は仇討ちをする身なのです」

「仇討ち？」

「ええ、父が討たれました。父は藩を追放された男を討つべく追手に加わりましたが、その者に討たれました」

「それで仇討ちの旅に？」

「はい。もう二十年近くになります」

「二十年？」

「ええ。最初は母と叔父が仇討ちの旅に出て、十年後に叔父が病死しました。それから、叔父に代わり、当時八歳だった私が母といっしょに仇討ちの旅に……」

「この二十年、ずっとそんな暮しをしてきたのですか」

「まあ、そうです。でも、十年前から親戚からの仕送りも途絶えました。ですから、母も内職をし、私も口入れ屋で仕事を世話してもらいながら、いつか仇に巡り合えることを信じて」

「巡り合えるのでしょうか」

「父の仇を討たない限り、村尾家の再興はないのです」

「しかし、そんな気の遠くなるような歳月を……」

精一郎の寂しそうな表情を見て、栄次郎は言葉を切った。

「晴れて仇を討って、帰参する。そのことを励みにきょうまで生きてきました」

長い歳月で、仇への恨みより、帰参することが目的になっているような気がする。

もっと他に生きる術《すべ》はなかったのかという問いは愚問であろう。藩を離れてはまっとうに生きていく道はなかったはずだ。

敵《かたき》を討って帰参する。それしか道はなかったのだろう。

「十兵衛どのにその話を？」

「はい。一年前に浅草寺の帰りに出会い、それからいざというときのために剣術の稽古をつけてくださいました」

「そうですか」

精一郎母子はこれからも仇を求めていくのかと思うと、やりきれない思いがする。本気で仇に巡り会えると思っているのか。

「ちなみに仇の名は？」

「向田市十郎です」

「なに、向田市十郎？」

栄次郎は覚えずきき返した。

「ご存じなのですか」

精一郎の声が高くなった。

「いえ。でも、どこかで聞いたような気が」

「どこでですか。思い出してくださいませぬか」

「わかりました。思い出せたら、お知らせにあがります」

「かたじけない」

精一郎の表情が晴れやかになったように見えたのは気のせいか。

栄次郎は精一郎と別れ、湯島の切通しに向かった。屋敷に帰る道すがら、精一郎と十兵衛の関係を考えていた。

十兵衛は当然、精一郎から仇の名を聞いたはずだ。その上で、精一郎に剣術の稽古をつけている。

十兵衛はもしや……。栄次郎は考えついたことに間違いないような気がしていた。

四

翌日の昼下がり、一丁の駕籠が天空寺の山門の前で止まった。

下りて来たのは岩井文兵衛である。栄次郎は迎えに出た。

「こちらです」

「うむ」

文兵衛は頷き、栄次郎のあとに従って山門をくぐった。

本堂をまわり、物置小屋に向かう。寺男が箒を持つ手を休め、こっちを見ていた。

「あそこにおります」

栄次郎は物置小屋を目指した。十兵衛が中にいることは確かめてあった。

小屋の前に立ち、栄次郎は戸に手をかけた。

「失礼します」

声をかけ、栄次郎は戸を開けた。

十兵衛は文机に向かって、絵筆を動かしていた。

「十兵衛どの。お客人を連れて参りました」

十兵衛は聞こえなかったかのように絵筆を動かし続ける。

「向田市十郎。久し振りだな」

文兵衛は声をかけた。

十兵衛の手が止まった。そして、おもむろに振り向いた。

「一橋家にいた岩井文兵衛だ」

「岩井さま」

十兵衛は目をしょぼつかせた。

「こうして会えるとはおもわなんだ」

文兵衛は腰を下ろした。

「わざわざお越しいただいたのですか」

「うむ。強引に押しかけねば会ってくれぬと、栄次郎どのが言うのでな」

「恐れ入ります」

「あのあと、仕官しながら藩をやめたそうだな」

「はい。追放されました」

十兵衛は平然と言う。

「そなたの融通のきかない性格ゆえか」

文兵衛はまるで旧友のように遠慮なく言う。

「はい。軟弱な心を鍛え直そうとしましたが、そのことがお気に召されなかったようで、三年後に藩を去りました」

「しかし、殿の怒りを買う何かがあったのではないか」

「はい。ある御前試合で、殿の親戚の武士との試合にて、殿から負けるように命じられました。私はそんなことは出来ないとお断りをしました。そして、試合では私は殿の親戚の武士を完膚《かんぷ》なく打ちのめしてしまいました」

「であろうな」

　文兵衛は頷く。

「そのことで殿からうとまれました」

「その後はどうした？　仕官の道はなかったのか」

「何度かお誘いを受けましたが、追放されたとはいえ、一度は主君を持った身」

「二君に仕えずか。しかし、そなたをあっさり放逐した主君ではなかったのか」

「なれど、私を誘ってくださった御方ですから」

「では、その後、浪々の身を送ってきたのか」

「信州の山奥で暮し、剣の修行に励んできました。いつか、もう一度、五十嵐大五郎どのと立ち合いたい。その一心で」

「なに、そのような気持ちがあったのか」

「はい。ようやく納得の行く修行を終え、一年前に江戸に出て参りました。縁あって、この寺の住職の世話で、この小屋を借り受けています」

「一年前に江戸に出てきたのに、どうして引っ込んだままだったのだ。五十嵐大五郎どのの居場所がわからなかったのか」

「いいえ。江戸一番の剣術道場の主大園主善どのが五十嵐大五郎どのだとわかりました」

「では、なぜ？」

「予定外のことが起こりました」

「予定外？」

文兵衛がきき返す。

「いえ、それは……」

「言えないことか」

「村尾精一郎どのと出会ったことですね」

栄次郎は横合いから口をはさんだ。

「村尾精一郎？　誰だ、その者は？」

文兵衛が栄次郎にきく。

「十兵衛どのが剣術を教えています」

「どういう仲なのだ？」

「十兵衛どの、私からお話ししてよろしいでしょうか」

十兵衛は何も言わず、目を閉じた。

「許しを得たものとして、お話をさせていただきます」

十兵衛に言い、栄次郎は文兵衛に顔を向けた。

「村尾精一郎どのは母御とふたりで上野元黒門町に住んでいます。ふたりは仇討ちをする身」

「なに、仇討ち？」

「はい。三十年近く前に、藩を追放された者に追手が出された。その追手が精一郎どのの父君だったそうです」

栄次郎は精一郎から聞いた話をし、

「一年前、精一郎どのは母御とふたりで仇に巡り合えるようにと浅草寺に祈願に行った帰り、十兵衛どのと出会ったそうです。十兵衛どのは精一郎どのが仇討ちの身だと知ると、以来、剣術の稽古をつけてきたのです」

「だから、大園主善の前に姿を現さなかったのか。それほど、精一郎と申す者への稽古が大切だというのは、もしや」

文兵衛は察したようだった。

「はい。仇の名は向田市十郎だと言いました」

「そうか。そなたを仇と狙う者がいたのか」

「最初は耳を疑いました」

十兵衛が目を開いて言う。

「まさか、三十年近くも私を追っていたとは。確かに、藩を追放のあと、別の藩から仕官の誘いがありました。私はもちろん断るつもりでしたが、その藩から私のいた藩の主君に仕官させたいという断りがあったそうです。それで、私がその藩に仕官すると思い、私を殺そうとして追手を差し向けました。その追手が精一郎どのの父御だったようです」

十兵衛はやりきれないように言う。

「精一郎に剣術の稽古をつけているのはなぜだ？　ひょっとして、討たれようとしているのか」

「いえ、わざとは討たれませせぬ。ただ、私を打ち倒してもらいたい。そう思っています」

「では、そなたの技量を越えるまで、稽古をつける気か」

「あの者は今はこの世で居場所はありませぬ。このままでは国に帰れず、他国で老いて行くだけ。そのことを思うと不憫でなりませぬゆえ」

「そうか。おぬしらしいな」

文兵衛は吐息をついた。

「一度決めたことは、必ず果たそうとするのが向田市十郎だ」

文兵衛はため息をついて、

「どれ、引き挙げるとするか」

と、腰を浮かせた。

「岩井さまは私に何か御用があるのでは？」

十兵衛が引き止めてきく。

「いや、もう、いい。今の話以上に、そなたに過酷な願いをしようとしたのだ」

「どのようなことでございましょうか」

「いや。もういい。そなたの思いを聞き、わしは自分を恥じている」

「恥じるとは？」

「あることで、姑息《こそく》な手を考えたのだ」

「大園主善さまのことですね」

栄次郎が口をはさんだ。

「うむ。だが、もういい」

文兵衛は立ち上がった。

「五十嵐大五郎に何か」

十兵衛は気にした。

「忘れてくれ。向田市十郎、会えてうれしかった。もし、わしで何か役に立てることがあれば、なんでも言ってもらいたい」

「ありがたきお言葉」

「邪魔をした」

文兵衛は物置小屋を出た。

栄次郎もあとに続いた。

「主善さまのことで何を？」

並んでから、栄次郎はきく。

「ふたりの対決をもう一度見たかっただけだ」

「ふたりの対決？　そのことにどのような意味が？」

「もういいのだ。栄次郎どの、いろいろすまなかった。また、策を練って、相談に乗ってもらう」

文兵衛は山門を出て、待たせてあった駕籠に乗り込む前に、栄次郎を振り返った。

「稽古はどこでつけているのだ」

文兵衛はきいた。

栄次郎が答えると微かに笑みを浮かべて、文兵衛は駕籠に乗り込んだ。

その日の夕方、十兵衛はいつものように精一郎との稽古の場に向かった。栄次郎も少し離れてついて行く。

そこにはいつもと違った光景があった。精一郎の横に母親がいた。そのとき、栄次郎は何かを感じた。

十兵衛も途中で立ち止まった。母親に気づいたからだ。なぜ、母親が来ているのか。十兵衛もまた、そのわけを察したに違いない。

十兵衛はゆっくり、精一郎のもとに近付く。精一郎は立ちすくんでいた。

「どうした?」

十兵衛が声をかける。

「稽古をはじめる」

「あなたは……」

精一郎の声が途切れた。

十兵衛は黙っている。

「あなたは向田市十郎ですね」

母親が十兵衛の前に出て問いかける。

「さよう。向田市十郎だ」

「あなたが父の仇」

精一郎は泣きそうな声で、

「なぜ、私に稽古をつけてくださったのですか」

「そなたに稽古をつけていたのは小野川十兵衛だ。向田市十郎に敵《かな》う腕になってもらうためだ。あと少しだ。あと少しで、向田市十郎を倒せるのだ」

十兵衛は母親のほうに目をやり、

「精一郎どのはこの一年で見違えるように上達しました。あと、少しで向田市十郎を討ち果たせる腕前になりましょう。もうしばらくの猶予をくださらぬか」

と、頼んだ。

「なぜ、ですか。なぜ、一年も黙っておいでしたか」

母親が怒ったようにきく。

「あのときの精一郎どのの腕では向田市十郎に歯が立たなかった。だから、名乗らなかった」

「あなたは、わざと討たれようとしたのですか」

「いや、私はわざと負けるような真似はしません。だから、精一郎どのに腕を上げてもらいたかった。それだけです」

「…………」

母親は声を呑んだ。

「小野川さま」

精一郎は声を震わせながら、

「あなたは私の剣術の師です。父の仇ではない」

「そうだ。今の私はそなたの剣術の師小野川十兵衛だ。そなたを向田市十郎を越える腕にするために稽古をつけておるのだ。早く、腕を磨き、無事に本懐を遂げて帰参を果たすのだ」

「私は師に刃を向けることは出来ませぬ」

「そなたが立ち向かう相手は向田市十郎だ」

「出来ませぬ」

「母御は三十年近くも仇を求めてこられた。気の遠くなるような歳月ではないか。無事に仇を討ち、村尾家を再興させることがそなたの使命であろう。心を強く持て」

十兵衛は母親に目を向け、

「母御どの。もうしばらくの猶予をくだされ。あとひと月もいらない。必ず、向田市十郎を討ち果たせる腕前に到達しましょう」

「十兵衛どの」

母親は思い詰めた声で、

「親戚や知人からの援助もとうに途絶えております。もはや、我らは国元から忘れられておりましょう。今さら、帰るところはありませぬ」

「しかし、仇を討てば帰参は叶うはず」

「いえ、仮に帰参出来たとしても、我らには居場所はありますまい」

「ならば、なぜ、願掛けに行かれたのだ。私と会ったのは、浅草寺に仇と巡り合えるようにと祈願した帰りではなかったか。神仏の加護により、仇に巡り合ったのですぞ」

「いえ。仇云々《うんぬん》は我らの生きる糧。今の暮しの苦しさに負けそうになる心を叱咤するための方便でしかありませんでした」

「では、あなた方には仇を討つ気はなかったのですか」

「とうに諦めておりました」

「なんと」

十兵衛が激しく体を震わせ、

「いけませぬ。諦めたにしろ、仇に巡り合えたのだ。仇を討ち、帰参を果たすべきです。そうではござらぬか」

「いえ。仇を討つ時機は失しました。あえて向田市十郎さまを討ったとしても、心は休まりますまい。かえって、我らを不幸にするだけです」

「しかし、これからの暮らし向きをどうなさるおつもりか。有為な武士である精一郎どのをこのまま埋もれさせてしまってよいのか」

十兵衛の声とかぶさるようにして、

「私に任せてもらおう」

という大きな声が木立の中から聞こえた。

栄次郎は驚いて、声のしたほうを見た。ゆっくり、黒い影が現れた。

「御前」

栄次郎が声をかけた。岩井文兵衛だった。

「岩井さま」

十兵衛が目を剝く。

深刻な話し合いに夢中になり、文兵衛が来ていたことにまったく気づかなかった。

「御前に任せるとはどういうことでございましょうか」

栄次郎はきいた。

「うまくいけば、栄次郎どのも助かることだ」

「私も助かる？　はて、なんのことでしょうか」

「まあ、あとでわかる」

文兵衛は笑ってから、十兵衛に向かって、

「そなたも、わしの話を聞いてもらう。よいな」

と、有無を言わさぬように言う。

十兵衛は畏まって頷き、

「して、何を？」

と、きく。

「そなたの願いでもあったことだ。大園主善こと五十嵐大五郎ともう一度立ち合ってもらいたい」

「それは望むところ」

「ただし、命を賭けてだ」

「真剣で、ということでござるな」

「そうだ」

「わかりました」

「御前、なんということを」

栄次郎は非難するように口をはさんだ。

「これが、最良の方法だ」

文兵衛は言ってから、

「その試合に、必ずあの母子を招くのだ。よいな」

と、十兵衛に念を押した。

「わかりました」

十兵衛は厳しい表情で答えた。

「日時は追って知らせる」

「御前は何をお考えなのですか」

栄次郎は啞然として文兵衛に問いかける。

「栄次郎どのも必ず参られよ」

文兵衛はそう言い、微かに笑みを漏らして去って行った。あの御方はいったい何をお考えなのだと、栄次郎はもどかしさを覚えながら見送った。

五

翌日、久し振りに元鳥越町の吉右衛門師匠の家に行った。

「吉栄さん。やっと、心のわだかまりがなくなったようですね」

稽古を終えたあと、師匠が笑った。

「ご心配をおかけいたしました」

「また、稽古に励んでください」

「はい。よろしくお願いいたします」

栄次郎は頭を下げて、師匠の前を離れた。

師匠の家を出て、蔵前のほうに向かっていると、前方から磯平親分が子分といっしょに歩いて来た。

「矢内さま。どうも、このたびは」

いきなり、磯平から礼を言われた。

「なんですか、親分」

「金貸し金右衛門のことですよ。金右衛門がすべて自白しました。刃桜組の三人がいなくなったので、お咲を橋場の別宅に連れ込んだのも、文平に嘘の話を言わせたのもみなあの三人だと言っていますが、金右衛門にも後ろ暗いところがたくさんありました」

新八の脅しがきいたのだろう、金右衛門は吉池房次郎が斬られたあとは、次は自分の番だと真剣に怯《おび》えていた。

「ところで、刃桜組の三人を斬ったのはいったい誰なんですかねえ」

磯平が栄次郎の顔を覗き込むようにしてきいた。

「私にもわかりません」

「そうですかえ」

疑わしそうな顔をしたが、

「まあ、でも、これで一段落つきました。矢内さまのおかげです」

と言いながら、磯平は去って行った。

栄次郎はお秋の家に行く前に、天空寺に寄った。

物置小屋に向かいかけて、足を止めた。小屋から文兵衛が出て来た。

「いらっしゃったのですか」

栄次郎は文兵衛の動きを怪しみながらきく。

「日時を知らせてきた。明日の夕七つ（午後四時）、大園道場にて執り行う。栄次郎どのも必ず参るように」

文兵衛は念を押す。

「御前。いったい十兵衛どのにどんなお話を？　立ち合いの日時を知らせるためなら、わざわざ、御前がいらっしゃることはありません。御前は、何をお考えなのですか」

栄次郎は問いつめるように迫った。

「また、ふたりを真剣にて立ち合わせるなど、正気の沙汰とも思えません。どうぞ、ご真意を教えてください」

「向こうへ」

文兵衛は本堂をまわり、人気《ひとけ》のない植え込みの近くに移動した。

「真剣での立ち合いは敗者の死を意味する」

立ち止まるや、文兵衛が切り出した。

「わしはどちらかの死に意味を持たせたいと考えた」

「死に意味ですと？」

「さよう。もし、十兵衛どのが勝ったら、主善どのは死ぬ。そのとき、主善どのは内藤恭三郎らを斬った罪を背負っていただく。しかし、主善どのが勝ったら……」

文兵衛の目が鈍く光った。

「つまり、十兵衛どのが死んだら、内藤恭三郎らを斬った罪をかぶっていただく」

「なんですって」

栄次郎は息が詰まりそうになった。

「そんなことが通るのですか。そんなことが許されるのですか。いくら、御前のお考えとて、私は承服いたしかねます」

「だが、十兵衛どのはその約束を呑んでくれた。主善どのも納得してくれた」

「ばかな」

栄次郎はあとの言葉が続かなかった。

「栄次郎どの。生きるということは残酷なものだ。では、明日の夕七つ、大園道場にて」

そう言い残し、文兵衛は山門に向かって歩きだした。

はっと我に返った栄次郎は物置小屋に向かった。

「失礼します」

戸を開けると、十兵衛は座禅を組んでいた。

栄次郎がいくら問いかけても、答えようとしなかった。

その夜、栄次郎は屋敷に帰ると、兄の部屋に行った。

「どうした、そんな怖い顔をして」

兄が驚いたように言う。

「兄上。内藤恭三郎ら三人を斬った者の探索はいかがなっているのでございましょうか」

御徒目付のほうの調べをきいたのだ。

「あれは事が済んだ」

「済んだ？」

「どういうことでございますか」

「内藤恭三郎、坂部稲次郎、吉池房次郎につき、それぞれの家から病死届けが出された」

「病死？」

「そうだ。したがって、斬った者の探索は不要だ」

「しかし、三人が揃って病死などあり得ません」

「そうだ。御家の体面を思ってのことであり、御目付さまもその配慮をされた。実際の三人は自害したのだ」

「自害ですって」

栄次郎は耳を疑った。

「さよう。町の娘ふたりを殺した疑いを受け、もはや逃れられぬと思ったのであろう。最後は武士らしく腹を切った。だが、それぞれの御家のことを思い、病死として始末がついた」

「では、三人を斬った人間はいなかったことに？」

「当然だ」

「そうですか。よかった」

栄次郎は急に胸の中が軽くなったのを感じた。これで、主善と十兵衛の試合を真剣でやる必要がなくなった。

「兄上。ありがとうございました」

「わしが礼を言われる筋合いはない。この件で、いろいろ岩井さまが動き回ったようだ」

「岩井さまが……」

真剣勝負を回避出来ると思ったが、文兵衛の心が読めず、栄次郎はまたも焦燥に襲われた。

翌日の七つ（午後四時）前に、栄次郎は大園道場に着いた。すでに、岩井文兵衛も来ていた。

それからほどなく、十兵衛とともに村尾精一郎と母親がやって来た。なぜ、文兵衛が精一郎と母親をここに呼んだのか、栄次郎は理解に苦しんだ。

門弟の案内で、十兵衛が道場に入って来た。

主善が十兵衛を立ち上がって迎えた。十兵衛は足を止め、主善を見つめる。

「向田どの」

主善が先に声をかけた。

「五十嵐どのか」

十兵衛が応じる。

そのまま、互いに見つめ合っていた。三十年前のことが蘇っているのだろうか。

「さあ、ふたりとも。さっそく、支度を」

無情にも、文兵衛はふたりを早くも対決させようとした。もはや、真剣の勝負は不要のはず。そのことを、栄次郎が口にしようとしたとき、

「岩井さま、五十嵐どの。お願いがござる」

と、十兵衛がふたりに声をかけた。

「なんだな」

文兵衛は静かにきき返す。

「じつは拙者、昨夜より、突然の腹痛に見舞われ、立っているのも苦しい状態にござる」

栄次郎は耳を疑った。十兵衛の言葉とは思えぬものだ。まさか、立ち合いから避けようとしているのではないだろうが、不可解だ。

「そこで、お願いと申すのは、ここにいる村尾精一郎は我のたったひとりの弟子にございます。拙者に代わり、この者に立ち合わせたいと思います」

「どうだな、主善どのは？」

文兵衛が確かめるようにきく。

「私に異存はありませぬ」

主善はあっさり応じた。

精一郎は困惑した顔でいる。

「精一郎、よいな。わしに代わって、思い切って当たれ」

「私には無理です」

「やるのだ。師であるわしの命令だ」

十兵衛はいつになく強い口調で言う。

「はい」

精一郎は覚悟を決めて答えた。

母親が心配そうに成り行きを見つめている。

「栄次郎どの」

文兵衛が呼びかけた。

「行司役をお願いしたい」

「私がですか」

意外な申し入れに、栄次郎は困惑したが、最初からそのつもりで栄次郎を呼んだのだと気づいた。

「わかりました。ふつつかですが、お引き受けいたします。ですが、勝負は木剣でありましょうか」

栄次郎は確かめる。真剣だと言われたら猛然と抗議をするつもりだった。

「もちろん、木剣だ」

文兵衛はにやりと笑った。

道場中央で、主善と精一郎は木剣を構えて対峙《たいじ》した。真ん中で、栄次郎は勝負の進行を見届ける。

壁際には、大園道場の主だった門弟たちが並び、さらに文兵衛、十兵衛、そして精一郎の母親が見守る中、試合ははじまった。

精一郎が上段から打ち込んだ。主善は木剣で受ける。さっと両者が離れ、お互いが打ち込み、激しい打ち合いになった。

精一郎の打ち込みは鋭い。何度か、主善は壁際に追い詰められた。だが、渾身の力で、精一郎が打ち込んだのを、主善は身を翻して避け、体《たい》を入れ換えるときに素早く木剣を薙いだ。

「一本」

栄次郎は叫んだ。

精一郎は脇腹を押さえて片膝をついた。掠めた程度で、大きな打撃ではなかった。

二本目も激しい打ち合いの末に、主善の小手が決まった。

「参りました」

精一郎は木剣を落とし、平伏した。

「いや、精一郎どの。見事だ。ほれ、そなたの木剣がここを掠めた。あわやのところであった」

「恐れ入ります」

主善は袂を見せた。

精一郎は低頭する。

「ふたりとも見事だ」

文兵衛は称賛したあとで、十兵衛に向かい、

「そなたの代わりが主善どのに敗れたのは、そなたが敗れたも同然。したがって、主善どのの望みを聞き入れていただく。よろしいか」

と、強く求めた。

栄次郎は固唾をのんで事の成り行きを見守るしかなかった。

「承知つかまつりました」

十兵衛が素直に応じる。

傍らで、精一郎は身を竦《すく》めていた。

「十兵衛どの。では、私の頼みを聞いていただきたい」

主善が前に出た。

「なんなりと」

「村尾精一郎どのを我が門弟にもらい受けたい」

えっと栄次郎は声を上げたが、精一郎も口を半開きにしていた。

「代稽古をしていた者を失い、困っていたところ。精一郎どのなら、見事に務まることはさきほどの立ち合いでわかった。ぜひ、お願いいたす」

主善は精一郎に顔を向け、

「ぜひ、当道場に来ていただきたい。母御どのといっしょに暮らせる部屋はある。いかがかな」

「…………」

声を失っている精一郎に、十兵衛が言う。

「わしの顔を立てると思って、そのようにするのだ」

「もったいのうございます」

精一郎は低頭する。

「のう、母御どの。ふたりでここで新しい生き方をはじめてくださらぬか。決して悪いようにはいたさぬ」

「まことに、よろしいのでございましょうか」

母親は目尻を濡らしている。

「もちろんです。私が望んでいることです」

「ありがとうございます。三十年の苦労がやっと報われます」

「母御どの」

文兵衛が声をかける。

「村尾家の再興が叶わなかったことは無念だろうが、精一郎どののためにも、ここで世話になるのが一番だ」

「はい」

栄次郎はその光景を見ながら、すべて文兵衛が仕組んだことだとやっとわかった。事前に、主善と十兵衛にも根回しをしていたのだろう。

主善が精一郎を気に入ったらしいことはわかる。ひょっとして、ゆくゆくは綾乃の婿にと考えているのかもしれない。

栄次郎を救うことにもなるという文兵衛の言葉の意味がはじめてわかった。綾乃の美しい顔が脳裏を掠めたが、自分は三味線弾きとしてまだまだ修行の身なのだと言い聞かせた。

「いつか、十兵衛どのと主善どのとの立ち合いを見てみたいものよ」

文兵衛がひとりごちた。

数日後の夜、栄次郎は薬研堀の『久もと』の座敷で、文兵衛と酒を酌み交わしていた。

「まさか、御前にあのような企みがあろうとは思いもしませんでした」

やはり、話はそこに向いた。

「うむ、なんのことか」

文兵衛はとぼける。

栄次郎は苦笑したが、すぐ真顔になって、

「もう天空寺の物置小屋に十兵衛どのはおりませんでした」

十兵衛を訪ねたところ、小屋の中はきれいに片付いており、文机の上に一枚、観音像の画が置いてあった。

栄次郎どのへと記された紙が添えてあった。

寺男に確かめると、信州に行ったという。

「観音像の画は、あの者の栄次郎どのへの感謝の気持ちだ」

文兵衛が目を細めて言う。

「もう江戸には戻ってこないつもりでしょうか。主善さまとの決着はどうなさるおつもりでしょうか」

「ふたりは引き分けのまま終わったほうがいい。これでよかったのだ」

文兵衛は言ったあとで、

「さあ、今夜は大いに呑もう。久し振りに、栄次郎どのの糸で唄いたくなった」

「はい。私も大いに弾きたくなりました」

栄次郎は久し振りに心が浮き立ってくるのを感じていた。

時代小説

二見時代小説文庫

老剣客《ろうけんかく》　栄次郎江戸暦《えいじろうえどごよみ》13

著者　小杉健治《こすぎけんじ》

発行所　株式会社　二見書房
東京都千代田区三崎町二-一八-一一
電話　〇三-三五一五-二三一一［営業］
　　　〇三-三五一五-二三一三［編集］
振替　〇〇一七〇-四-二六三九

印刷　株式会社　堀内印刷所
製本　ナショナル製本協同組合

落丁・乱丁本はお取り替えいたします。
定価は、カバーに表示してあります。

ISBN978－4－576－15037－6
http://www.futami.co.jp/

二見時代小説文庫

- 小杉 健治　栄次郎江戸暦1～13
- 浅黄 斑　無茶の勘兵衛日月録1～17／八丁堀・地蔵橋留書1～2
- 麻倉 一矢　かぶき平八郎荒事始1～2／上様は用心棒1
- 井川 香四郎　とっくり官兵衛酔夢剣1～3／蔦屋でござる1
- 大久保 智弘　御庭番宰領1～7
- 大谷 羊太郎　変化侍柳之介1～2
- 沖田 正午　将棋士お香 事件帖1～3／陰聞き屋 十兵衛1～5／殿さま商売人1～2
- 風野 真知雄　大江戸定年組1～7
- 喜安 幸夫　はぐれ同心 闇裁き1～12／見倒屋鬼助 事件控1～3
- 楠木 誠一郎　もぐら弦斎手控帳1～3
- 倉阪 鬼一郎　小料理のどか屋 人情帖1～13
- 佐々木 裕一　公家武者 松平信平1～10
- 武田 櫂太郎　五城組裏三家秘帖1～3
- 辻堂 魁　花川戸町自身番日記1～2
- 幡 大介　天下御免の信十郎1～9／大江戸三男事件帖1～5
- 早見 俊　目安番こって牛征史郎1～5／居眠り同心 影御用1～16
- 花家 圭太郎　口入れ屋 人道楽帖1～3
- 聖 龍人　夜逃げ若殿 捕物噺1～13
- 氷月 葵　公事宿 裏始末1～5
- 藤 水名子　女剣士 美涼1～2／与力・仏の重蔵1～4
- 松乃 藍　つなぎの時蔵覚書1～4
- 牧 秀彦　毘沙侍 降魔剣1～4／八丁堀 裏十手1～8
- 森 真沙子　日本橋物語1～10／箱館奉行所始末1～3
- 森 詠　忘れ草秘剣帖1～4／剣客相談人1～13